AF208474

"SCOTTEN"
Akterseglad
En deckare av Mats Gustafsson

FSC
www.fsc.org
MIX
Papper från
ansvarsfulla källor
Paper from
responsible sources
FSC® C105338

© Mats Gustafsson 2018

Förlag: BoD – Books on Demand, Stockholm, Sverige
Tryck: BoD – Books on Demand, Norderstedt, Tyskland
ISBN: 978-91-7699-888-5

Innehållsförteckning

Förord

Tack till Er som gjort den här boken möjlig.
Susanne Gustafsson, Ellinor Gustafsson och Kevin Ek
som bidragit med goda råd och coaching samt Sandra
och Magnus Junhammar som hjälpt till med upplägg och
framtagning till tryck på förlag, vilket resulterat i att
boken blev av.

Deckaren du håller i din hand är skriven av mig,
Mats Gustafsson.
Namn och karaktärer som finns med i boken är
produkter av min fantasi och används i ett påhittat
sammanhang. Varje eventuell likhet med verkliga
personer, levande eller döda, är en ren tillfällighet.

Boken " SCOTTEN AKTERSEGLAD" är den första i en
trilogi om Oskar Scott. Deckaren fortsätter tidsmässigt i
handlingen på första trilogin som bestod av;
"SCOTT 20 SEXTON", "SCOTT PÅ HOTEL BOHEMIA"
samt "SCOTT EFTERDYNINGEN".
Att läsa dem fristående går också bra.
Utöver ovanstående böcker har jag som författare även
tidigare skrivit boken "GLAPP I RATTHÅLLAREN!".

Jag hoppas att du finner god behållning av boken!

Kapitel 1

Ludvig njöt av att få komma ut i solljuset den första egentliga vårdagen för året. Äntligen var det fredag eftermiddag och stegen styrdes som vanligt mot systembolaget, för att en del nödvändiga inköp skulle kunna göras. Mestadels tillbringade han sina arbetsdagar inne med reparationer av hemelektronik. Ganska ofta innebar dock jobbet att han fick ta företagets lilla skåpbil för att hämta eller lämna grejer hos kunderna, så helt bortkopplad från vädret var han inte.

Men nu var den här arbetsveckan slut och en lång skön helg väntade! Det hade lovats sol hela helgen och som grädde på moset var det fest hos en polare på lördagskvällen, som han såg fram emot. Visserligen gick det knappast en helg utan ett rejält fylleslag, men på just den här festen hade han hört att en viss person som han gillade, förmodligen skulle komma. Ludvig brukade för det mesta tappa kontrollen helt någon gång runt midnatt när han festade, men lovade sig själv att det var något som inte fick ske den här gången. Han ville inte skämma ut sig helt inför mötet med den han var intresserad av och handlade inte på sig mer än ungefär hälften mot vad han brukade på systembolaget. Att gå dit helt nykter var inget gångbart alternativ, det visste han. Av erfarenhet hade han lärt sig, att för att kunna slappna av och våga snacka, behövde han några järn. De gånger han var tvungen att hålla sig nykter för att han var chaufför åt sina kompisar, kände han sig väldigt obekväm med sig själv. Den förbannat dåliga självkänslan kom fram och han kände sig stel som en pinne. Helt utan sprit brukade det dock inte bli, ett par öl kände han att han var tvungen att ha vid dessa tillfällen, trots att han skulle köra bil. Allt för att inte stå och stamma och känna sig som en torrboll.

Lite alkohol erfordrades redan under fredagskvällen för att på riktigt slappna av. Och för en sak till som han inte kunde göra sig kvitt. Det var det dåliga samvetet mot sin bästa kompis som kom gnagande i tankarna, när han inte behövde koncentrera sig på arbetet och alla vardagsbestyr. Sedan förskolan hade han haft en god kamrat som han gjort mycket tillsammans med, men de senaste månaderna hade de inte hörts av alls. Ludvig insåg att bollen låg hos honom själv, på grund av en ganska självklar orsak. De hade tillsammans genomfört en del stölder och rån, men det var bara hans kompis som polisen fått tag i.

Ludvig visste mycket väl att det egentligen var han själv som till nittio procent varit hjärnan bakom brotten, men på något sätt hade han gått helt fri. Däremot hans forne barndomsvän, Oskar Scott, hade hamnat i fängelse på nästan ett halvår. Det var just detta som fick Ludvig att må skit och han visste med sig att i längden gick det inte skjuta problemet framför sig eller försöka supa bort ångesten som fanns där för att han svikit Oskar. Det enda som möjligen lindrade lite, var att polisen inte insett att Ludvig var inblandad i något av brotten och därmed hade han inte tagits in till förhör. Därav fanns det ju inte fog för någon misstanke från Oskar eller

3

någon annan att han hade skvallrat för polisen. De hade visserligen med en gång insett att Oskar inte varit själv, särskilt inte när alla biblioteksdatorer stals. För att klara av den stöten hade det helt klart krävts mer än en person för att genomföra den, men Oskar hade tigit som muren och polisen var nöjd att ha lyckats med att få en gripen och sedermera fälld.

Som vanligt var det långa köer fram till alla kassorna, men det här var ett tillfälle när det inte störde Ludvig det minsta. I vanliga fall var han ingen kömänniska, men så här när han inte hade någon tid att passa, njöt han lite av att titta på andra förväntansfulla människor, som alla såg fram emot att få friheten att koppla bort alla måsten och krav. Ludvig tyckte att han kunde utläsa på människorna i deras ansikten att det var det här de sett fram emot ända sedan det var söndagsmorgon senast. Många av dem hade förmodligen varit duktigt bakfulla och lovat sig själva att supandet på helgerna fick det allt bli stopp med. Förutom att de mått dåligt, kanske de hade sagt och gjort saker som var oförlåtliga, men det var något som var totalt bortträngt i deras hjärnor just nu. Om det berodde på att alla i lokalen kände någon slags trygghet i att veta vad som väntade om de inte bröt mönstret visste inte Ludvig, men han trodde att det kunde vara en rimlig orsak. Upprymdheten man upplevde och gemenskapen man kände med andra som drack, vägde tyngre än allt som var negativt. Skulle man trots allt inte känna sig i form kunde det ofta avhjälpas med mer alkohol, för stunden i alla fall.

-Hej Ludvig! jaså, står du här, ska du möjligtvis på fest imorgon? hörde Ludvig en bekant röst fråga bakom sig.

-Oj, hej Ebba! är det du? Vad kul att ses!

Jovisst ska jag på fest imorgon, svarade Ludvig och tittade lite generat ner i sin kundkorg. Det som var mest pinsamt var att det förutom en sjuttio centiliters Black Velvet-whiskey och åtta starköl dessutom låg några burkar sötsliskig tjejcider i korgen. Dessa hade han tänkt bjuda på om allt gick enligt planerna och han fick med sig den han var så förälskad i, hem efter festen. Samtidigt som han försökte komma på någon vettig förklaring till innehållet i sin kundkorg, ångrade han att han inte gått hem en sväng först och duschat innan han gick och handlade sprit. Han hade haft samma t-shirt hela veckan och nu när han blev nervös tilltog stanken av armsvett. Det luktade som gamla gula lökringar och mitt på tröjan var en stor fläck av köttfärssås, som han spillt på sig i tisdags.

-Då ses vi ju där med, sade Ebba och log medan hon tittade på vad Ludvig skulle handla. Förresten, har du snackat något med min bror Oskar på sista tiden?

-Nej, tyvärr. Jag vet att jag borde ta mig i kragen och göra det, men det har bara blivit att jag skjutit det framför mig hela tiden. Jag har ingen bra ursäkt till varför det blivit så, svarade Ludvig samtidigt som han i smyg tittade på Ebba och kände hur upphetsad han blev. Hon var så perfekt på alla vis. Lagom sminkad, snygg i håret och klädd så att man bara kunde ana hur fin hon var.

-Nu är det din tur, sade Ebba och lyfte upp sin egen korg från golvet.

Precis innan Ludvig skulle vända sig om för att ta upp varorna på bandet, slängde han en blick ner på vad Ebba plockat till sig. Till sin förvåning fick han se att hon

5

tänkte köpa exakt likadana varor som han själv. Det enda som skilde var att hon tagit fler cider och några färre öl. Utan att säga något förundrades han över att Ebba som han hade gått i samma klass med sedan lågstadiet, drack så rejäla drycker som whiskey och starköl. När han betalat och packat påsarna dröjde han sig kvar för att få växla några fler ord med henne.

-Visst var det till förskollärare som du höll på att läsa, när är du färdig med den utbildningen? undrade Ludvig.

-Jovisst. Är färdig om drygt ett år. Så det brukar bli att jag hälsar på mina föräldrar här ett par helger i månaden. Men jag har fått jobb här i Nyköping i sommar, ska bli så skönt att slippa resorna ett tag. Imorgon ska jag hälsa på Oskar på anstalten, jag har inte varit där sedan före jul, sade Ebba och tittade ner lite skamset.

Efter en kort stunds tystnad sade Ludvig;

-Du får hälsa till honom. Han släpps väl snart fri, eller hur?

-Ja, det är bara drygt en månad kvar. Han har gått en grundläggande svetsutbildning på anstalten och har förmodligen ganska lätt att få jobb när han kommer ut. Vi får prata mer på festen imorgon, de här handtagen på plastpåsarna skär in i mina händer så att det gör ont. Hejdå, vi ses! sade Ebba och blinkade snabbt till med sina ögon, innan hon med raska steg gick därifrån.

-Javisst, gärna! svarade Ludvig entusiastiskt.

Vilken idiot jag är, tänkte han när han följde Ebba med blicken så länge han kunde se henne. Att jag inte erbjöd mig att bära hennes kassar är ju helt otroligt. Eller så kunde jag bjudit henne på en glass. Vid sådana här tillfällen hatade Ludvig sig själv på riktigt. Det var precis som om han tänkte med röven när han blev lite nervös. För att trösta sig gick han bort till glasskiosken och beställde den dyraste glassen de hade. Den hette Vingmuttern och bestod av en strut fylld med tre kulor och mjukglass på toppen. Allra längst upp placerades en kokosboll och slutligen trycktes två godisnappar in i mjukglassen, så att det skulle finnas några likheter med en vingmutter.

För att öka möjligheterna att få i sig glassen utan att tappa det mesta, satte sig Ludvig på en bänk. Likt förbannat kände han att det mesta av mjukglassen föll ner på magen.

Det enda positiva med det var, att den träffade fläcken med köttfärssås.

-Ha! nu ser ju t-shirten fin ut igen, utbrast han för sig själv. Han reste sig upp och gick hemåt för att sparka igång helgen med en del av vad han hade i påsarna.

Hela kvällen tänkte han på Ebba och försökte komma på ett bra sätt att få vara tillsammans med henne. Han tyckte att det var en ganska svår avvägning, Om han visade vad han tänkte fullt ut, med andra ord att han var grymt het på henne, skulle hon med all säkerhet dumpa honom direkt. Visade han inget alls så förmodade hon väl troligtvis att han inte var intresserad av henne, vilket inte heller fick hända.

Efter ett par stadiga supar kom han på att det nog gällde att vara så spontan som möjligt, så skulle antagligen allt lösa sig.

"På spåret", finns det något töntigare jävla skitprogram

på TV, tänkte Oskar när han förgäves försökte hitta
något bland kanalerna. Fast det var så dåligt ville han
ändå inte stänga av burken. Han kände att det på något
sätt var ett sällskap och det fick honom lite lugnare inför
besöket han skulle få nästa dag. Hans tvillingsyster
Ebba hade lovat att besöka honom och han skämdes för
att han satt i fängelse, medan hon pluggade på
högskola. Hon hade ställt krav på honom och samtidigt
som han innerst inne visste att det var vad som
behövdes, så tyckte han inte om när någon försökte
bestämma över honom.

När han för sig själv gick igenom vad som hänt sedan
han frihetsberövats, kände han sig ändå rätt duktig.
Först och främst hade han gått en svetsutbildning på
anstalten, faktiskt tillsammans med sin farbror Joakim.
Dessutom hade han varit drogfri i fem månader och
även dragit ner på sin konsumtion av cigaretter.
Egentligen borde hans syrra vara rätt nöjd med vad han
presterat, med andra ord fanns det inget att vara nervös
för, tänkte han och log lite för sig själv.

Oskar anade att Ebba hade mycket att stå i, men tänkte
ändå be henne om hjälp att skriva ett CV och hitta några
företag som kunde tänkas anställa honom.

Att det skulle bli svårt för honom att få arbete efter att ha
suttit i fängelse förstod han, men på samma gång visste
han att Ebba inte skulle ge sig förrän han fick ett jobb.
På något sätt ville han gottgöra att han fått så
betydelsefull hjälp av sin syster, men han visste inte
riktigt vad det skulle kunna vara. Efter lite funderande
kom han på att han kanske kunde svetsa någonting till
henne innan han lämnade anstalten. Vad han skulle

tillverka visste han inte än, men något som passade gick säkert att hitta på.

Oskar tänkte att han när det blev måndag igen, så skulle han prata med Fredrik, en av lärarna på svetsutbildningen. Han hade fått bra förtroende för den läraren och tänkte fråga honom om han hade några tips att komma med, vad han skulle kunna göra för någonting. Att det inte fick vara något som kunde användas som tillhygge förstod Oskar, men det borde ju gå att hitta på något annat.

Oskar hade svårt att koncentrera sig och kom efter ett tag på vad det berodde på. Det var de medverkande i TV-programmet "På spåret" som kacklade på som höns och tycktes tro att de var roliga. Så fort Oskar stängt av smörjan och satt på sig sina hörlurar med sin favoritmusik för tillfället, kände han sig genast lugnare och kunde tänka klart igen.

Till tonerna av Def Leppard började han fundera på vilka vänner han hade när han kom ut igen. Personen han först kom på var systern Ebba. Även om hon inte hunnit besöka honom på ett par månader för alla tentor hon haft, så hade de hållit kontakten, mest på Messenger. Hon hade trots allt visat att hon brydde sig om honom, särskilt nu när han verkligen behövde det. Sedan var det ju då Ludvig, hans gamla barndomsvän. På honom var han riktigt besviken, mest för att han inte hade hört av sig under hela tiden han suttit inne. På ett sätt hoppades Oskar att han fick jobb en bit ifrån Nyköping, sin hemstad. Då skulle han komma bort från allt dåligt umgänge som han knarkat och begått brott tillsammans med.

9

Ludvig ville han egentligen inte mista som vän, för de hade haft mycket trevligt tillsammans. Förhoppningsvis hade han mognat en del det senaste halvåret också, och börjat sköta sig något sånär lagligt. Höll han däremot på som tidigare, visste Oskar med sig att han hade lite för dålig självkänsla och att han därför mycket väl kunde tänkas ställa upp på nästan vad för skit som helst.

När Oskar började rannsaka sig själv, om han skulle handlat annorlunda om de bytt plats så att Ludvig gripits och suttit inne och han själv gått fri, insåg han en sak. Innerst inne visste han med sig att han inte hade tagit tag i sig själv och stöttat Ludvig, i varje fall inte så länge han satt inne.

Oskar visste att om han bara fick en hälsning från Ludvig, så skulle han troligtvis förlåta honom och vara lika mycket med honom som förr.

Det var väl inte alltid det mest sunda alternativet, men kul skulle de med all säkerhet ha.

I det flummiga levernet fanns på något konstigt sätt en slags trygghet på så vis att han visste vad som väntade. Oskar försökte förstå, vad egentligen den tryggheten bestod av, men kunde inte komma fram till något innan han somnade med Def Leppard i bakgrunden.

Bara efter en timme väcktes han av att han fick ett textmeddelande. Efter några sekunder hade ögonen vant sig vid den ljusa skärmen och han kunde se vem det var ifrån. Det var från Lisa, en tjej han varit tillsammans med i knappt två år, men som gjort slut för drygt ett halvår sedan. Hon ville då inte vara ihop med honom längre för att han börjat gå på Tramadol. Att han gärna drack sprit på helgerna hade varit okej, men brukade han andra droger så hade han passerat gränsen för vad hon kunde acceptera.

Oskar visste att hon varit tillsammans med en annan kille ett par månader sedan dess, men att det nu var slut mellan dem.

Lisa skrev och undrade om de kanske kunde träffas igen, för att se om känslorna fanns kvar mellan dem. Att han inte fick börja med droger igen var självklart.

Oskar hade älskat Lisa sedan första gången de träffats, och blivit otroligt ledsen när hon hade gjort slut. Att han ändå fortsatt med flumlivet och även begått en del brott, berodde delvis på att han inte trott att Lisa skulle göra allvar av vad hon sagt. Det hade också varit bekvämt att skjuta alla problem framför sig och leva för dagen. Oskar visste med sig att han gjort det som verkat okej just för stunden, vad det fick för konsekvenser hade han skitit fullständigt i, för det var senare problem.

Han skrev till svar att han absolut hunnit tänka igenom sitt liv och mognat under fängelsetiden. Han skrev också att han var tacksam för att få en andra chans med henne. Helst hade han velat träffa Lisa redan nästa dag, men då skulle ju hans syster besöka honom.

Du får komma när det passar dig. Ring receptionen och fråga om besökstiderna. Jag har inga utflykter planerade utan är på den här adressen den närmaste månaden, fortsatte han ironiskt i texten. Jag har saknat dig och ångrar mig så ofantligt mycket, älskling! avslutade han sms:et med.

Kapitel 2

Ludvig vaknade med ett ryck och flög upp ur sängen. Skit, jag har försovit mig, var den första tanken som for genom hans huvud. Det måste bara vara så, för det var så otroligt ljust ute och solen sken med envist starka strålar in i hans sovrum. Det hade aldrig hänt tidigare och han visste inte riktigt hur hans chef skulle reagera på det. När han gått i skolan hade det däremot inträffat nästan varje vecka, men sedan han fått en tillsvidaretjänst kände han sig motiverad att sköta arbetstiderna väl.

-Förbannat också! sade Ludvig irriterat högt för sig själv, när han kände att han lyckats dra sönder ytterligare en strumpa på en spik. Den hade krupit upp ur den lilla listen intill tröskeln till köket. Av någon anledning som han inte kom på för tillfället, hade han inte tagit av sig dem innan han somnade. Det var den fjärde strumpan på en månad som förstörts på det här viset. Varje gång hade han lovat sig själv att slå ner spiken, men det hade fallit på att han inte hade någon hammare i lägenheten.

-Nu ska spikaset ner, sade Ludvig bestämt för sig själv och gick till grytskåpet för att se om det fanns något lämpligt tillhygge där. Det enda som med en välriktad träff borde kunna fungera, var en stekpanna från Skultuna i gjutgärn.

På tredje försöket träffade han och ställde nöjt tillbaka stekpannan.

Plötsligt när han tittade upp och kastade en blick på köksbordet, förbryllades han av vad han såg. Där stod en halvt urdrucken whiskey och två ölburkar. Det var en grej han var väldigt noga med, just att aldrig dricka sprit kvällen innan han skulle jobba, så någonting var det som inte stämde. När han kom på lösningen drog han en lättnadens suck och kände sig helt lugn igen. Det var ju för tusan lördag och han var ledig! Vartefter han försökte minnas gårdagskvällen, kom han på en för stunden betydelsefull detalj och mycket riktigt var det som han trodde. När han kände på en av burkarna så var den bara halvt urdrucken. Fast den var byxvarm och avslagen för att den stått i solen ett par timmar, var den lättdrucken. Med långsamma hasande steg gick han tillbaka till sin säng för att snooza lite. Trots att klockan passerat elva och halva dagen snart hade gått, så var det ju lång tid kvar innan festen började, dit Ebba skulle komma.

Yr av ölskvätten slumrade han till samtidigt som han drömde om att få se Ebba naken.

Ett par timmar senare vaknade Ludvig och bestämde sig för att ta en lång, varm dusch och få på sig rena kläder. Det var bäddat för en toppenkväll, och han kände på sig att allt skulle gå fint på festen. Och efteråt med, tänkte han medan de varma vattenstrålarna mjukade upp hans kropp.

Ebba var inte riktigt bekväm med att sova över hemma hos sina föräldrar, hon hade ju trots allt fyllt tjugoett. Hon kände dock inte att hon hade något direkt alternativ, för hon ville verkligen träffa en del av sina kompisar som hon hade vuxit upp tillsammans med. Fast vissa redan hade fasta förhållanden och var förlovade, så verkade det som om hennes kompisar tyckte att det var kul att umgås. Ebbas föräldrar, Henrik och Maria, hade sagt att det inte kom på fråga att hon skulle betala för sig när hon hälsade på. Dels studerade hon ju och dessutom hade de inget emot att få lite sällskap ibland. Till sommaren när hon skulle få vikariera på en förskola i Nyköping borde hon helt klart kunna lägga undan lite pengar, som säkert skulle behövas framöver.

För att delvis slippa dåligt samvete att hon snyltade på sina föräldrar, hade det blivit en vana att hon såg till att göra i ordning frukosten, och den här lördagen var inget undantag. När allt var framdukat kom föräldrarna precis lagom från sin morgonpromenad och de kunde äta tillsammans.

Trots att det mesta var toppen så var det en sak som gjorde att stämningen var lite spänd vid köksbordet. Alla visste vad det var, men ingen ville ta upp att det berodde på att Ebba skulle besöka Oskar på anstalten mitt på dagen. Varken Henrik eller Maria hade känt att det var läge för det, för Oskar hade uttryckligen sagt att det förmodligen var lugnast om de inte träffades förrän han kom ut.

-Du får hälsa till Oskar, sade Henrik lite trevande, för han visste att det var läge att gå lite försiktigt fram. Han hade inledningsvis när det började gå snett för Oskar kört den hårda stilen, vilket förmodligen hade haft en negativ effekt. Istället för att ta tag i sitt liv och försöka lösa alla problem som dök upp, hade Oskar gjort precis tvärtemot vad Henrik sagt till honom. Om det var i ren protest eller något annat var egentligen oväsentligt, men nu när han fått sitt straff och suttit inne ett tag, hade han förhoppningsvis hunnit tänka en del.

-Visst, det ska jag göra, sade Ebba samtidigt som hon tittade till lite snabbt på sin mamma Maria.

Till svar fick hon bara en nickning som betydde att hon var med på hälsningen.

-Vill du låna vår bil så går det bra, för vi ska inte åka någonstans idag, sade Henrik.

-Nej, det behövs inte. Dels är det få parkeringsplatser där när det är besökstid och dessutom passar busstiderna perfekt, svarade Ebba.

Att den egentliga orsaken var att hon var osäker på om alkoholen hunnit gå ur kroppen, ville hon inte berätta. Direkt full hade hon väl inte varit kvällen innan, men ändå så pass att det kanske skulle ge utslag i en utandningskontroll.

Fast hon fyllt tjugoett år, trodde hon inte att hennes föräldrar hade en aning om att hon drack sprit nästan varje helg. Däremot passade hon sig för Ecstasy eller andra tabletter.

-Du nämnde att du skulle på fest ikväll, men äter du middag med oss runt halvtvå, innan du ska iväg? undrade Maria.

-Jo, men det gör jag gärna, det passar jättebra. Då hinner jag träffa ett par kompisar innan och prata minnen, svarade Ebba. Att det var en förfest hon var bjuden på, behövde ju inte komma fram, tänkte hon och log lite. Att föräldrarna var relativt unga när de fick Oskar och henne var kanske i det här fallet ingen fördel. Ebba anade att de visste mycket väl hur det gick till på sådana här fester.

Hennes pappa Henrik log lite och småskrattade för sig

själv, så han förstod säkert att det var en ganska blöt tillställning som hon skulle på.

Ebba reste sig hastigt och sade att hon måste göra sig i ordning för att slippa en massa pinsamma frågor från sina föräldrar.

Ett par timmar senare var hon färdig och öppnade ytterdörren och slogs av att det var så skönt ute. Solen hade lyst i flera timmar och värmt den vindskyddade södersidan på huset. Genast förstod hon att hon tagit på sig alldeles för mycket kläder, men det fanns inte tid till att byta dem nu.

För att göra det bästa möjliga av situationen, tog hon av sig kavajen och kavlade upp ärmarna på sin blus.

Bilarna som körde intill trottaren hon gick på, rev upp massor av damm när de körde förbi. Ebba var oftast ganska tolerant vilket nog var en förutsättning för hennes blivande yrke. Men just nu kände hon hur irriterad hon blev på att kommunen i sin spariver eller på grund av lathet, struntat i att sopa bort sand och grus från gatorna. Hon hade nyligen duschat och tvättat håret, vilket kändes ganska ogjort nu.

Bussen stod redan inne när hon kom till stationen, så hon drog sitt kort och gick och satte sig.

Det var lite andra rutiner på anstalten under helgerna, vilket kunde vara rätt så skönt tyckte Oskar. Fast han var färdig med den grundläggande svetsutbildningen, hade han bett att få vara kvar på avdelningen när den var öppen, från måndag till fredag. På helgerna blev det mycket styrketräning plus att de flesta besöken skedde då. Själv hade han inte haft så värst många som hade hälsat på. Senaste månaden var det bara hans farbror Joakim. Han hade stolt visat upp bilder på sin några veckor gamla pojke, som hette Jonathan.

Ett tips som Oskar fått i ett led för att återanpassa sig till livet utanför murarna var, att vart efter skriva en lista på vad som måste göras, oavsett vad det gällde. I början hade han varit skeptisk till det, men ganska snart insåg han att det redan hjälpt en del för att få struktur på tillvaron.

För dagen hade han satt upp mål för vad han skulle lyfta i bänkpress och hur länge han skulle köra spinning på motionscykeln. Vidare hade han några punkter han tänkte be Ebba om hjälp med.

Efter frukost och träningspass fick det bli en dusch. Oskar hade på något sätt med tiden funnit sig hyggligt tillrätta på anstalten, men visst längtade han ut! Grejen var kanske den, att han insett att det inte på något sätt gick att tidigarelägga frigivningen, utan det var bara att gilla läget att han satt inne till den sjuttonde april.

Han hoppades att han aldrig mer skulle hamna i fängelse och skulle verkligen försöka att hålla sig inom det som var lagligt framöver.

Ett stort problem som kunde sätta käppar i hjulet för det, var att det fanns så mycket han ville ha, fast han inte hade råd med det. Att jobba och få ut en halvtaskig lön, så att man om tjugo år kunde köpa drömbilen och ytterligare trettio år senare gården med en egen fiskesjö, kändes förbaskat segt. Att ärva pengar eller vinna, var något som förmodligen inte skulle ske för honom, insåg Oskar och kände sig lite uppgiven.

När Ludvig klev ut från duschen hörde han att det ringde ett par signaler innan telefonen tystnade. Efter att han torkat sig lite, gick han ut till köket där mobilen låg, för att se vem som hade ringt. Bossen, stod det i presentatören, och Ludvig undrade vad han kunde vilja när han försökte nå honom under helgen. Lite senare när han fått på sig kläder, beslöt han sig för att ta reda på vad det rörde sig om. Redan efter första signalen svarade hans chef som verkade andfådd och uppriven.

-Hinner du hjälpa mig en timme i eftermiddag, undrade hans chef som hette Stefan.

-Ja visst, det ska väl inte vara några problem om det går så snabbt. Vad gäller det? frågade Ludvig lättad av att det inte var hela kvällen som var i farozonen.

-Det är en kärring vi levererade en ny TV till igår, hon är vansinnig för att den inte fungerar och kräver att vi kör dit en annan. Hade det varit en liten kunde jag ha fixat det själv, men givetvis var det en femtiofem-tummare som dessutom skall upp på andra våningen.

-Inga problem, jag kan vara nere på firman om en halvtimme, blir det lagom? undrade Ludvig.

-Passar bra, tack för att du ställer upp.

När Ludvig kom, hade Stefan förberett genom att köra fram skåpbilen till lagret så att det bara skulle vara att lasta i.

-Kärringen har ringt två gånger sedan vi pratades vid, hon verkar helt galen! Tänk dig att ha en sådan vildkatt i sängen, snacka om aktivitet!, fortsatte Stefan och skrattade lite krystat åt eländet.

-Jo det vore det nog, sade Ludvig eftertänksamt medan han försökte sätta sig in i hur det kunde gå till under täcket med en sådan kvinna.

-Det kanske bara är hennes förbannade pudel som snubblat på kabeln så att den har åkt ur väggkontakten. Men för säkerhets skull tar vi med en ny TV och ger henne, så att hon håller käften, sade Stefan.

-En god idè, svarade Ludvig som ett otal gånger fått åka extra för att hämta saker han inte hade haft med sig ifrån början.

För att slippa mingla med kärringen onödigt mycket, tog de direkt med sig den nya TV:n upp till andra våningen och kopplade in den. Ludvig kunde knappt hålla sig för skratt när Stefan tryckte upp ljudet så pass att kärringen överröstades. Ganska snart knackade en granne i väggen på grund av oväsendet.

När de lastat in TV-apparaten som det var fel på, satte de sig i skåpbilen och började åka därifrån.

-Jag vet inte riktigt hur jag ska kunna återgälda den här tjänsten, jag har tyvärr inte möjlighet att ge dig pengar. Firman har gått dåligt ett tag, så vänder det inte snart blir det konkurs.

-Fasen, är det så illa, finns det inget som kan få det att vända? frågade Ludvig och kände hur oron fick det att kännas obehagligt i övre delen av magen. Blev han av med jobbet skulle han inta ha råd med lägenheten och att skaffa en annan bil, det kunde han glömma.

-Det är inte så många som reparerar sina apparater längre, de köper nytt. Om vi hade kommit över ett parti med nya TV, skulle vi kunna inrikta oss mer på försäljning och komma på fötter igen. Det är så typiskt, ute vid Nyköpingsbro står det flera gånger i veckan långtradare på nätterna, fulla med TV- apparater som vi skulle kunna sälja om vi kom över dem. Du vet lika väl som jag hur lätt det är att ändra deras ID-nummer.

-Ja, det är inte svårt, utanpå sitter bara en klisterlapp och vi har ju möjlighet att ändra fabriksinställningarna som gör dem omöjliga att spåra. Tankarna gick runt i Ludvigs huvud, skulle en stöld över huvud taget vara genomförbar och kunde den ske utan att någon fattade misstankar mot dem? Han hade verkligen fått något att fundera på, för det här var kanske enda utvägen att få behålla sitt jobb.

-Om jag får firman att komma på fötter igen så kan du räkna med att jag kan göra dig till delägare, sade Stefan för att understryka att han menade allvar.

-Vi klarar det inte själva, det behövs minst en till för att kunna lösa det, fortsatte Ludvig samtidigt som han funderade på vem som skulle kunna hjälpa dem. Hur snart måste det ske, tror du?

-Absolut innan semestern, då vet vi att folk flyr staden och företagets utgifter försvinner inte bara för att solen skiner och det blir sommar precis, sade Stefan. Känner du någon vi kan lita på, som vill tjäna en slant?

-Vet inte någon på rak arm, men jag ska fundera till måndag om jag kommer på någon.

-Bra, och tack för hjälpen. Tänk på att inte prata med någon som inte kan låta bli att sprida våra planer. Kommer det här ut så är det kört på riktigt, sade Stefan medan han bromsade in vid firman.

Ludvig nickade instämmande utan att säga något. Tillsammans lyfte de ur den krånglande apparaten och låste.

-Vi ses på måndag, sade Ludvig innan de skildes åt.

Det var redan sen eftermiddag när Ludvig kom hem och han kände att han började bli hungrig. Först tänkte han ta en öl men ångrade sig innan han hann att öppna den. -Det får bli ett par piroger från frysen istället, jag kan ju inte grovhångla med Ebba om jag är dyngrak, sade han för sig själv och skrattade lite.

Ett par minuter senare var de färdiga att plockas ut från mikrovågsugnen. När han ätit skulle han göra sig iordning till förfesten. Han hade kommit på att det förmodligen vore trevligare för Ebba om han kom nyrakad istället för i skäggstubben han odlat i en vecka. Den kändes som en stålborste och fast han troligtvis såg manligare ut med den, så rök den nu.

Police, hette hans favorit rakvatten, och det fick bli ett litet stänk av den på hakan.

När han borstat tänderna och tagit på sig allt tog han en titt i hallspegeln för att se om allt verkade okej. När han kollade uppifrån och ner slogs han av att det rakt igenom var nya kläder han hade på sig. Jeansen, t-shirten och strumporna, allt var nytt.

En liten klick gelè i håret, sedan var allt klart, tänkte han, när han plötsligt kom på en viktig sak.

Tänk om Ebba verkligen hänger med hem inatt, bäst att jag byter till rena lakan och snyggar till lite.

Nöjd med sin snabbstädning låste han lägenhetsdörren och gick ner för trapporna.

I handen bar han en Ica-kasse med sprit. Ludvig kände en ljummen vindpust föra upp lite av den fräscha Police doften till sina näsborror, när han kom ner till gatan.

Det här skulle bli den bästa kvällen i hans liv, tänkte han och njöt av solens sista strålar för dagen.

21

Kapitel 3

Ebba avskydde kroppsvisitationen som föregick besöken på anstalten som Oskar satt på. Visst kunde hon förstå att vakterna var tvungna att kontrollera så att hon inte hade med sig något hon inte fick, men det var deras attityd hon inte kunde med. Bara för att hon var en tjej verkade de ta för givet att det stod sex på menyn den närmaste halvtimmen. Att det var sin tvillingbror hon skulle besöka var inget skäl till avhållsamhet, inte av kommentarerna att tyda. När hon tänkte efter varför hon inte hade besökt sin bror oftare när han suttit inne, kom hon fram till att just detta var huvudorsaken.

Visserligen hade hon en bit att åka och massor med tentor hela tiden, men det var det här som vägde över åt fel håll. Hon hoppades att det var en av de sista gångerna som hon skulle utsättas för de förnedrande gliringarna.

-Hej syrran, kul att du kommer! Är det bra med dig? undrade Oskar.

-Jo, det är fint. Jag kan hälsa från morsan och farsan samt Ludvig, jag träffade honom på bolaget igår. Hur är det själv? frågade Ebba med ett ansträngt leende. Hon kände att vakternas hånfulla beteende fortfarande grep tag i henne.

-Allt är skapligt med mig. Visst längtar jag ut härifrån men nu ser jag ju en ände på vistelsen här och det är skönt. Berätta vad Ludvig sade, fortsatte Oskar.

Ebba förklarade allt som hänt när hon träffat Ludvig och kunde inte dölja att hon rodnade när hon tänkte på honom. Visst hade han varit slarvigt klädd och ofräsch när de träffats, men på något sätt var det en sådan man hon ville leva med. Någon som inte var påmålad och falsk, utan äkta. Ända sedan mellanstadiet hade hon varit förtjust i honom, men inte vetat om hennes känslor var besvarade.

-Ha, det låter som om du gått och blivit kär i honom, har du det? frågade Oskar.

-Du pratar så mycket skit. Vill du höra vad jag tycker att vi ska skriva i ditt CV och vilka arbetsplatser jag anser att du ska söka? Besökstiden är snart över, så det är bäst vi reder ut det här direkt, fortsatte Ebba, mest för att slippa diskutera sina kärlekstankar med sin bror.

-Okej, måste det vara en bild på mig till mitt CV, eller behövs inte det? undrade Oskar.

-Jo helst, men min mobiltelefon plockade de av mig innan jag fick komma in här.

-Inga problem, ta ett kort på mig med min så skickar jag över den sedan, sade Oskar lugnande.

Ebba tog snabbt ett par kort och förklarade under tiden vad hon skrivit och vilka företag som sökte svetsare. När hon lämnade tillbaka mobiltelefonen slog det henne att hon inte visste om det var tillåtet för de intagna att ha sådana. Det borde ju rimligtvis vara förbjudet tänkte hon, men sade inget.

-Jag hör av mig, sade Ebba innan hon skulle gå.

-Ja, gör gärna det och hälsa tillbaka. Förresten, vad vill du ha i bröllopspresent? frågade Oskar retfullt.

Till svar fick han ett långfinger och en mördande blick. Men hennes rodnande ansikte avslöjade henne och ett leende var det sista han såg av sin syster när hon gick.

Det var underbart att komma ut igen och Ebba tyckte inte att det gjorde något att hon fick vänta tjugo minuter tills bussen skulle komma. Hon borde hinna hem precis lagom tills middagen var färdig och sedan hoppades hon på en trevlig kväll.
Ebba kände hur härligt det pirrade i magen när hon tänkte på Ludvig.

Henrik stängde precis av träsvarven han hade i sin snickarverkstad i källaren, när Ebba klev innanför dörren.
-Middagen är serverad, det blir stekt fisk, ropade Maria från köket.
-Det ska smaka gott, jag är jättehungrig, sade Ebba entusiastiskt. Sedan några år tillbaka var fisk en av de maträtter som hon föredrog framför många andra. Dels för att det gick att variera på så många sätt, men också mättnadskänslan efter måltiden som var så där lagom. Av kötträtter blev hon oftast stabbigt mätt och mådde nästan illa, men med fisk var det annorlunda.
-Jag ska bara tvätta händerna först så kommer jag sedan, sade Henrik.
-Hur går det för Oskar, har han något jobb på gång när han kommer ut? undrade Maria.
-Han hälsade tillbaka till er och han väntar verkligen på att bli frisläppt. Nu är han ju klar med sin svetsutbildning så det borde gå att hitta ett jobb sedan. Jag har lovat hjälpa honom att söka.
-Skönt att höra, sade Henrik och det syntes på honom att han var lättad av beskedet han fått från Ebba. Det skulle förmodligen lösa sig för Oskar när han kom ut.

-Vänta absolut inte uppe på mig, jag kanske hänger med på någon gökotta i morgon bitti, det är visst läge för det så här års, sade Ebba glatt medan hon ställde in i sin tallrik i diskmaskinen.

-När blev du intresserad av fåglar? undrade Maria.

Den frågan låtsades Ebba att hon inte hörde när hon rusade upp för att byta kläder innan hon skulle iväg igen.

Oskar kände sig ganska väl tillfreds efter att syrran besökt honom. Med lite tur borde det ju ordna sig med jobb. Alla arbetsgivare brydde sig nog inte om att han suttit i fängelse. Dessutom verkade det finnas hur många svetsjobb som helst att söka.

Det var också rätt kul att Ludvig tänkte på honom. Visst, han hade inte kommit till anstalten, men han hade i vart fall bett Ebba att hälsa från honom.

Oskar såg fram emot att få träffa Ludvig igen, för oftast brukade de ha riktigt roligt tillsammans.

Av gammal vana plockade han fram sin mobiltelefon som stod på ljudlöst, för att se om det kommit något meddelande. Till sin förtjusning fick han se att Lisa nyss skrivit till honom. Det stod att hon skulle besöka honom nästa lördag klockan tio.

Till svar skrev han att det var något han verkligen längtade till.

Han hoppades innerligt att de kunde komma bra överens, och han ville gärna flytta in hos henne. Först och främst för att han älskade henne, men också av den anledningen att han inte hade någon annanstans att bo. En sista utväg var att flytta hem till sina föräldrar igen, men det skulle vara ungefär som att byta fängelse.

Sin pappa Henrik visste han precis var han hade i sådana här lägen. I all välmening skulle han försöka styra och kontrollera allt han gjorde. På något sätt verkade det som om hans farsa aldrig skulle lära sig, att om han gick in och försökte ändra på någons beteende bara för att det passade honom, kunde det mycket väl resultera i raka motsatsen.

Oskar ansåg sig ha belägg för detta, mest efter vad hans mamma hade berättat. Hon hade sagt att Henrik som var äldst av tre bröder, alltid gjort vad han kunnat för att få dem att göra som han ville. Henriks yngste bror Jonathan hade nyligen endast trettio år gammal tagit en överdos och dött. Mellanbrodern Joakim, som nyss släppts fri från samma fängelse han själv satt inne på, hade även han ett brokigt förflutet. Det var nog inte alls rättvist att skylla allt på Henrik, men att det hade påverkat en del, det var Oskar övertygad om.

När Ludvig kom fram till adressen där festen var, kände han ett bekant lyckorus inom sig. De flesta han såg omkring sig var vänner han känt ganska länge. Visst hade han varit osams och till och med varit i slagsmål med vissa av dem, men det var sådant han inte tänkte på just för tillfället. Samtidigt som han gick runt och morsade på folk och skålade med dem, spanade han frenetiskt efter Ebba. Efter att ha kollat runt överallt och frågat en del efter henne, började han bli orolig att hon inte skulle dyka upp.

Till slut, när nästan en timme hade gått, plockade han fram sin mobiltelefon och skrev ett meddelande till henne.

"Får man bjuda på en cider? jag håller den skapligt kyld i min kasse mellan några öl!"

Samtidigt som Ludvig tittade ner i sin plastpåse för att försäkra sig om att han verkligen hade en cider med sig, kände han att någon klappade honom försiktigt på axeln.

-Ja tack, det kan du gärna få göra! sade Ebba som precis anlänt till festen när hon fick sms:et.

-Vad fin du är! utbrast Ludvig spontant när han fick se att det var Ebba. Med sitt nedsläppta böljande hår och som i alla fall Ludvig tyckte, förföriska leende, drömde han sig bort några sekunder till ett liv med henne.

Plötsligt slog det honom att det kanske var en otroligt töntig kommentar han gett henne.

-Tack, sade Ebba förläget och tittade ner.

-Vi kan väl sätta oss någonstans och snacka lite, föreslog Ludvig med en vädjande blick.

Ebba nickade instämmande och efter en liten stund hittade de en ledig tvåsitssoffa ute på altanen.

Tack vare en infravärmare som var påsatt, frös de inte så mycket. På Ebbas initiativ svepte de in sig i en pläd som hängt över ryggstödet, och Ludvig tänkte att han ville stanna tiden och för alltid vara nära Ebba.

En bit ifrån dem hade en stor kolgrill tänts för en stund sedan, och nu spreds en doft och värme från den som var underbar.

Efter några osäkra fraser tystnade de och såg in i varandras ögon.

Hos båda kändes lyckan total, när deras läppar förenades i en lång kyss.

27

Oskar kände hur pulsen steg och att han nästan blev lite svettig i armhålorna, efter att han som vanligt gjort hundra armhävningar innan han skulle sova. Under nästan hela grundskolan hade han spelat fotboll och varit igång och rört sig en hel del. På anstalten saknade han den tiden nu, då han fick vara ute och röra sig ett par timmar om dagen. Muskler och styrka hade han visserligen lyckats återfå under tiden han suttit inne, men han väntade på att få snöra på sig sina joggingskor och pressa sig själv till det yttersta i något löparspår. Det var så skönt efteråt, mindes han. Problem kunde förringas eller kanske till och med lösas när han blev tvungen att koncentrera sig på löpningen istället. När han fokuserade på andning och hastighet fick han lite distans till saker och ting som tyngde vardagen. Innan han somnade summerade han dagen och tyckte att den på det stora hela varit rätt så bra. Syrran hade vid sitt besök tagit fram möjligheter att faktiskt komma i arbete när han kom ut. Det som dock verkligen hade lyft rejält, var att Lisa var beredd att ge honom en chans igen. Den här gången fick han inte strula till det igen, lovade han sig själv medan han kände att ögonlocken blev allt tyngre.

Om det var av spriten eller den långa härliga kyssen som Ludvig tyckte att allting snurrade i huvudet, visste han inte säkert. På samma gång som han stålsatt sig att inte dricka för mycket nu när han var med Ebba, så kände han behov av att få i sig en stadig whiskey. Det skulle få honom att inte känna sig så förbaskat osäker och våga snacka mer spontant. Precis när han tänkte ta fram sin flaska ur påsen, ropade någon att det var dags att grilla. Det var dukat som ett buffébord, där man kunde göra sina egna grillspett med de ingredienserna man ville ha.

Både Ebba och Ludvig var snabbt framme och plockade ihop det de var sugna på. Plötsligt kände Ludvig att han var riktigt hungrig. Kanske var det därför han känt sig yr nyligen, tänkte han. Men när han såg in i Ebbas ögon förstod han varför han kände som han gjorde.

-Du är så snygg, sade han innan han kysste henne igen.

-Kan vi inte gå hem till dig när vi har ätit, jag skulle gärna vilja det, sade Ebba så tyst att Ludvig knappt hörde det.

- Visst, jag har mer sprit hemma, så det kan vi göra, svarade Ludvig. Precis när han svarat, kom han på hur otroligt dumt det lät. Det var ju vid lite närmare eftertanke knappast för spriten som Ebba ville att de skulle gå hem till honom.

-Ibland tänker jag med arslet, jag vill förstås inget hellre än att du följer med mig hem, tillade Ludvig och tittade bedjande in i Ebbas ögon.

-Okej, sade Ebba och skrattade lite osäkert.

Grillen var superhet och de fick vända på spetten ganska ofta så att inget blev vidbränt.

Ludvig hade tagit några kryddstarka korvar och kött som legat i vitlöksmarinad, vilket inte var helt genomtänkt, kom han på när han glupskt började äta. Det smakade riktigt gott men han befarade att hans andedräkt om ett tag skulle vara vidrig.

Just att han inte ätit så mycket riktig mat de senaste dagarna, gjorde att han ganska omgående kände att det började bubbla i magen.

-Jag kommer om en stund, behöver gå på muggen, sade Ludvig kort och ställde ifrån sig sin tallrik.

-Ja visst, gör du det. Jag går ut och tar en cigg så länge, svarade Ebba.

Än så länge tyckte hon att hon kunde hålla rökningen på en nivå som var helt okej. Det var egentligen bara när hon drack alkohol som hon blev röksugen och sprit intog hon endast under helgerna.

När hon drog första blosset hörde hon någon som närmade sig henne bakifrån.

-Hej, är du Ludvigs tjej nu? jag har sett dig hänga med honom hela kvällen. Bjuder du på en cigg? undrade hon.

-Hej Lisa, kul att träffas. Är lite osäkert än om vi är ihop eller inte, sade Ebba samtidigt som hon sträckte fram paketet.

-Jag tänker besöka Oskar, din tvillingbror på lördag. Har du träffat honom nyligen? frågade Lisa.

-Jo men visst. Jag var där förut idag och han verkade vara i fin form.

Plötsligt hörde Ebba en bekant röst ropa på henne.

-Ebba, vad tycker du, ska vi dra? frågade Ludvig som just kommit från toaletten.

-Kommer strax, ska bara snacka lite till med Lisa, svarade hon.

-Okej, jag provar husets bål så länge, sade Ludvig och gick bort till skålen och försedde sig med ett glas.

Smaken av vodka vara illa dold, men visst, en liten antydan av någon obestämbar frukt fanns där.

En halvtimme senare gick Ebba och Ludvig lite

vinglande hemåt. Att det varit så varmt och skönt tidigare under dagen var nästan lite svårt att begripa, för nu var det rent av kyligt.

Men på något obeskrivligt sätt kunde man ändå ana att det var ännu en fin dag som väntade, när solen skulle gå upp om några timmar.

För att inte frysa, stannade de emellanåt och kramades och kysstes.

-Jag tar gärna en kall cider, sade Ebba när de kom innanför lägenhetsdörren.

-Då tar jag en öl, kontrade Ludvig och stegade ut till sitt kylskåp i köket, några steg före Ebba.

-Förbannat på riktigt! vrålade Ebba högt.

-Vad är det, har det hänt något? undrade Ludvig förfärat och tittade på Ebba.

-Jag drog precis sönder mina nya strumpbyxor för trehundra spänn på din satans tröskel! utbrast Ebba med skärpa i rösten.

-Det var ju synd, sade Ludvig medlidande, medan han öppnade varsin burk och tog en klunk ur sin öl.

Först tänkte Ludvig berätta att han nyligen slagit ner spiken, som tydligen krupit upp igen. Istället erbjöd han sig att köpa ett par nya strumpbyxor till henne.

Han lovade sig själv att ringa vaktmästaren på måndag och be honom fixa dit en ny list.

Efter en stund hamnade de i sängen mellan de rena lakanen, som doftade lavendel av det nya sköljmedlet han köpt.

Kapitel 4

Oskar vaknade av en dov smäll som verkade komma utifrån. Trots att det var tjocka fönster och väggar som skilde honom från friheten strax utanför, kunde han svära på att det just skett en trafikolycka, kanske i vägkorsningen vid anstalten. Det dröjde inte länge förrän desperata skrik och rop på hjälp hördes. Oskar satte sig upp i sängen samtidigt som han kände hur han fylldes av en känsla av obehag. I sådana här lägen satte han sig verkligen in i de drabbades situation och led med dem. I sina tankar såg han framför sig, någon som var allvarligt skadad och ytterligare någon som kanske satt fastklämd.

Varför han blev så känslomässigt engagerad när det inträffade sådant här i hans närhet, visste han inte riktigt. Själv hade han inte varit inblandad i någon svår olycka direkt, så vad det berodde på verkade det inte finnas någon enkel förklaring till.

När det var dags för frukost frågade han en av vakterna om vad som hänt och fick till svar att det mycket riktigt skett en trafikolycka. Förmodligen hade det blivit ganska svåra personskador i den, av skadorna på fordonen att döma.

Med all säkerhet var det ingen som helst skillnad på frukosten idag mot andra dagar, ändå hade Oskar svårt att få i sig allt, vilket verkligen inte var likt honom. Obehagskänslorna kvarstod när han hörde ljudet från ambulansernas sirener avlägsna sig från platsen, för att så småningom inte höras alls.

För Oskar som tankemässigt satt sig in i olyckan, var den inte på långa vägar över. Tvärtom, det var nu eländet började för de inblandade. Troligtvis var det operationer och smärtsamma behandlingar som väntade och risken för bestående men fanns där.

Även för anhöriga och vänner skulle tiden efter det inträffade vara annorlunda mot tidigare, föreställde sig Oskar.

Livet kan ändra sig så jäkla snabbt, tänkte han med slutna ögon där han satt på sin stol i cellen.

Oskar visste innerst inne med sig att han var tvungen att sysselsätta sig med något, för att komma ifrån de jobbiga tankarna över saker som egentligen inte ens borde beröra honom.

På grund av att det var söndag så var det mest läge för ett par timmar i gymmet, vilket det också fick bli.

När det lite senare var dags för lunch kändes det mesta lite bättre. Träningen hade tvingat honom att koncentrera sig på annat och rensat bort det mesta som känts betungande.

Visst fanns de medlidande tankarna kvar från morgonen, men han hade nu fått lite mer distans till dem och mådde därmed skapligt.

På eftermiddagen skrev han en del med Lisa på Messenger. Bland annat fick han veta att hans syster Ebba tydligen verkade vara tillsammans med Ludvig och att båda lämnat festen lite före midnatt.

Oskar såg verkligen fram mot lördag då det var bestämt att Lisa skulle hälsa på, vilket han även lät henne få veta. Förhoppningsvis skulle förhållandet hålla den här gången, tänkte han.

Han skulle i vart fall vara mer lyhörd och göra allt han kunde för att det blev så, lovade Oskar sig själv.

Solen stod högt på himlen när Ludvig väcktes av att det skramlade i köket. Ganska snart förstod han att det var Ebba som förgäves försökte hitta något ätbart.

Det enda Ludvig kom på som kunde funka, var en påse bullar i frysen, så han gick upp för att ta fram dem.

-God morgon, har du sovit gott? försökte han fråga så hurtigt han kunde, trots att han kände sig så slö att han helst velat dra sig ett par timmar till.

-Jo visst, det har jag. God morgon själv! Jag har en tenta på tisdag och behöver plugga, så jag tänker försöka komma med tåget om en timme, svarade Ebba.

-Okej, jag värmer lite bullar till kaffet direkt om du vill ha, sade Ludvig.

-Ja, gör gärna det. Jag tar en dusch så länge om det går bra, sade Ebba och gick mot badrummet utan att invänta något svar.

När hon var färdig kände hon att det luktade som nybakat från ugnen.

-Man kan ju tro att du är utbildad bagare, är du det? frågade Ebba och log.

-Nja, inte riktigt. I ärlighetens namn är det en påse inköpta på snabbköpet som jag bara har värmt, men till kaffe brukar de smaka bra, svarade Ludvig samtidigt som han skämdes lite för att han kanske gjort henne besviken.

Under tiden de åt, bestämde de att de skulle ses redan nästa helg. Förmodligen var det fest hos någon de kände som de kunde gå på då med, men det var lika troligt att de hoppade över den och träffades själva. Hur det blev med den saken fick de pratas vid om under veckan.

-Nu måste jag rusa till stationen, sade Ebba och tackade för fikat.

En kyss senare låste Ludvig dörren efter henne när hon gick.

Allt hade varit så perfekt, tänkte Ludvig och kände sig så nöjd med helgen. Att han för första gången hade fått tillbringa en natt med Ebba som han under flera år hade varit förtjust i, överträffade allt. Ludvig hoppades att tiden fram till nästa helg skulle gå fort, då de skulle träffas igen.

Samtidigt som han swishade tre hundra kronor till Ebba för de förstörda strumpbyxorna, kom det ett textmeddelande.

Det var från hans chef Stefan. Han undrade om de kunde träffas på jobbet någon gång under eftermiddagen och snacka lite.

Ludvig som inte hade något speciellt inplanerat resten av söndagen, skrev att det gick fint. Förmodligen var det något viktigt Stefan ville, eftersom det inte kunde vänta tills det blev måndag och de ändå skulle ses på jobbet, tänkte han.

En halvtimme senare klev Ludvig ut i vårsolen och kände med en gång att det var ytterligare ett par grader varmare, än dagen innan. Det här var helt klart den bästa tiden på året, tyckte Ludvig. Den sköna värmen och att det blev ljusare för var dag som gick, var det som betydde mest. Men även att det blev som en nystart utomhus när växtligheten kom igång och allt blev grönt igen, påverkade. Det enda som grämde honom lite var att en stor del av dagen redan hade gått och att det snart var måndag igen.

Så fort han öppnade dörren till jobbet kände han den härliga doften av nybryggt kaffe.

-Hej, här luktar det gott! sade Ludvig.

-Tjena! Jo lite kaffe måste man ha om man ska kunna tänka klart och fatta kloka beslut, svarade Stefan samtidigt som han fyllde varsin mugg.

Efter lite prat om vardagliga problem, kom Stefan till saken varför han var så angelägen av att de skulle träffas redan på söndagen.

-Jag undrar om du kan avstå att få någon lön den här månaden? I gengäld om allt går bra, får du fyra gånger så mycket i slutet av april. Förutom tjugo värdefulla TV-apparater som jag räknar med att sälja, finns det cirka två hundra datorer med, som jag har en köpare till.

-Vet jag säkert att jag får så mycket extra sedan så är det lugnt, för jag har en del på ett sparkonto som jag ska ha till ett bilköp framöver. Men är det inte stor risk att vi åker dit? undrade Ludvig.

-Jag tror det är helt vattentätt. Det blir egentligen bara en omlastning vi skall göra från en lastbil till vår firmabil. Jag vet att jag kan hacka mig in i chaufförens avlastningsordrar, så förmodligen kan vi få bärhjälp av honom med. Trots det behöver vi vara en man till för att det ska gå snabbt. Har du funderat något på vem det skulle kunna vara? undrade Stefan.

-Den enda som jag kan tänka mig, muckar från ett fängelsestraff om fyra veckor och det är väl inte säkert att han vill börja sitt liv i frihet, med risken att åka fast igen.

-Nej det är klart, det kan jag förstå. Om du är säker på att han kan hålla tyst om det hela, vill jag ändå gärna att du frågar honom. Han får lika mycket betalt som du, har jag räknat med.

-Okej. Jag försöker åka och besöka honom nästa helg så vi vet. Han och jag har väl inte haft så värst mycket kontakt med varandra den senaste tiden, men jag förstår att det är angeläget.

-Bra! Jag är säker på att det löser sig. Kan jag få ut vad jag är lovad för datorerna så kommer vi snart att gå med vinst igen. Nu tar vi slut på kanelsnäckorna, sade Stefan och hällde upp varsin påtår.

På väg hem igen skrev Ludvig ett meddelande till Oskar. Han började lite allmänt om hur läget var och undrade om det var läge för ett besök, kanske redan nästa helg. Svaret kom nästan omgående. Oskar skrev att det passade bäst på söndagen i så fall, för på lördagen hade han redan ett möte inbokat.

Ludvig funderade på vart helgen egentligen tagit vägen. Han hade bara hundra meter kvar till sin lägenhet när han lade märke till att solen i stort sett var på väg att gå ner. Visst var det skönt i luften än, men alltför väl anade han hur fort tiden även skulle gå fram till måndag, då det var dags att infinna sig på jobbet igen.

På det hela taget hade det ju helt klart varit en toppenhelg och det var förmodligen därför som tiden rusat fram. Var det mycket att göra och man hade trevligt brukade tiden gå fort, tänkte Ludvig och låste upp sin dörr.

Lisa kände hur det pirrade oroligt i magen medan hon hängde av sig jackan på jobbet. Det som orsakat det hela borde inte vara något stort problem egentligen, men för henne hade det blivit det. Trots att hon arbetade i en klädaffär och visste exakt vad som var modernt för tillfället, kunde hon inte bestämma sig för vad hon skulle ha på sig när hon skulle besöka Oskar på anstalten. Det var visserligen flera dagar tills dess, men det hjälpte inte.

Efter mycket velande beslöt hon sig för att fråga Ebba vad hon hade haft för kläder när hon var där. Inte för att hon ville ha något som var exakt likadant, men ungefär vilken stil som gällde borde hon ju kunna få reda på, tänkte Lisa samtidigt som hon tog på sig sina skor hon brukade ha på jobbet.

Hon bestämde sig för att ringa till Ebba när hon kom hem från arbetet någon gång framåt kvällen och sköt tankarna åt sidan så länge. Det var mycket att göra i butiken. Dels skulle nya kläder packas upp och prismärkas och dessutom var det vissa varor som skulle reklameras.

Efter lunch var det sagt att hon skulle stå i kassan, vilket hon såg fram emot med blandade känslor. Ibland flöt det på med en massa trevliga kunder, men det kunde lika gärna köra ihop sig med en del strul. Det hade hänt ett flertal gånger att personer kommit in med använda och förstörda kläder. De ville ha nya trots att de inte hade något kvitto kvar och att det dessutom syntes att de var körda i tvättmaskin, ofta alldeles för varmt. En del människor var så lögnaktiga och oförskämda, så Lisa var riktigt trött på dem. Hur hon än gjorde var det inte bra. Antingen blev hon utskälld av kunderna eller så var det hennes chef som grymtade för att hon tagit emot använda kläder, som de var tvungna att kassera istället för att sälja.

Den här eftermiddagen utgjorde inget undantag. En kvinna i övre medelåldern kom in och ville betala med ett presentkort som gått ut ett halvår tidigare. När hon fick veta att det inte var giltigt ville hon inte handla något. Med näsan i vädret lämnade hon butiken och det sista Lisa hörde henne säga, var att hon minsann skulle ringa till den butiksansvarige.

En kvart innan stängning kom två tjejer in och betedde sig lite konstigt. De plockade med sig fina märkeskläder in i provhytten och var där ända tills det var dags att dra igen klädaffären.

Plötsligt rusade de ut från butiken utan att betala och eftersom Lisa hade en kollega kvar i affären, så sprang hon själv efter. När hon nästan var ifatt den ena, steg Lisa snett med sin fot på en liten kant i gatstenen hon inte sett. Smärtan kom omedelbart och hon kände att hon måste ge upp förföljandet och låta dem löpa. Hon trodde inte att något var brutet, men säkerligen hade hon ådragit sig en rejäl stukning.

Förbannad och ledsen haltade hon tillbaka medan folk tittade nyfiket på henne. Helst ville hon be dem dra åt skogen allihop för att de bara stod och glodde, men fann det bäst i att inget säga.

När Lisa bara hade tjugo meter kvar, stannade hon och böjde sig ner för att känna om vristen var svullen.

Det värkte rejält i fotleden och den hade redan svullnat en del. I ögonvrån såg hon några komma gående i bredd, så hon vände sig om för att se vilka det var.

-Har de här stulit något från er butik? frågade en välbyggd väktare samtidigt som han höll ett stadigt grepp i flickornas handleder.

-Ja, jag tror det. De får följa med in i butiken så vi kan kontrollera det, svarade Lisa.

-Ja visst. Har de det, kontaktar jag polisen. Skadade du dig när du följde efter dem? Jag såg nämligen att du haltade, fortsatte väktaren.

-Troligtvis är det en stukning av högerfoten. Får jag linda om den så blir det nog snart bra, svarade Lisa som inombords genast kände sig mer tillfreds av att tjuvarna gripits och att hon därmed inte hade skadat sig helt i onödan.

Kläder till ett värde av drygt åtta tusen kronor hade de plockat på sig, och Lisa kände igen dem från tidigare besök de gjort i klädaffären. Om de stulit varor då också visste hon inte, men det verkade inte helt osannolikt. I genomsnitt försvann det varor för mellan fem och tiotusen om dagen, berättade butikschefen som varit i närheten när det hänt och gärna ville prata med polisen när de kom.

Klockan var över halvåtta på kvällen innan Lisa kom hem, och hon kände sig alldeles för uppriven för att ringa och prata med Ebba. Det fick bli nästa dag, tänkte hon medan hon plockade fram mat till sin katt. Utmattad satte hon sig i soffan med en tallrik youghurt och försökte varva ner. När hon tagit några skedar, lindade hon foten så hårt som hon trodde var lagom. Tankarna for runt i huvudet och hon kunde inte komma till ro förrän framåt midnatt, då hon somnade med en spinnande katt bredvid sig.

Oskar sträckte förnöjt på sig när han lagt sig i sin säng. Om fyra veckor var han en fri man, och det som kändes extra bra var att han tidigare under dagen fått förslag på vad han kunde tillverka och ge till sin syster.

En väktare tyckte han kunde göra en skål i metall, antingen en enklare eller en mer avancerad.

Oskar hade fått låna med sig ritningar på olika modeller och visste inte riktigt än vilken han skulle välja.

En grej till som kändes bra, var att han skulle få besök både på lördag och söndag.

Först var det Lisa som han verkligen hoppades att han skulle kunna bli tillsammans med igen och kanske till och med flytta ihop med när han kom ut.

Sedan var det trevligt att hans gamle kompis Ludvig hade fått tummen ur, och tänkte hälsa på. Inte en dag för tidigt, men visst, bättre sent än aldrig, tänkte Oskar.

På samma gång var han lite orolig för vad Ludvig egentligen ville. Om det bara var för att ta upp kontakten igen eller om det var något annat, funderade han på innan han somnade.

Mitt i natten prasslade det till i sängen när han vände sig om och Oskar vaknade till för att ta reda på vad det var. Ganska snart förstod han att det var ritningarna han fått av väktaren, som han råkat lägga sig på. Efter att han lagt ner dem på golvet, dröjde det inte många minuter innan han sov igen.

Kapitel 5

Tentan var betydligt svårare än vad Ebba förväntat sig, och hon fick gissa sig till många svar. Ändå tyckte hon att hon hade pluggat ungefär lika mycket som till de tidigare och då hade det inte varit några större problem. Det sista hon ville, var att åka på en omtenta precis lagom till sommaruppehållet och då kanske få börja höstterminen med att göra om den. Plus att det var nya på gång, vilket i så fall skulle göra att det blev en jäkligt tuff höst. Kompisar till henne som hon pratade med, tyckte likadant.

Det var bara att hoppas att det trots allt gått vägen, tänkte Ebba. Däremot om hon ändå åkte på sin första omtenta någonsin, så kunde varken hon själv eller någon annan klandra henne för det. Så pass mycket tid som hon lagt ner på förstudierna till den, så borde det räckt.

När hon med tunga steg gick hemåt, beslöt hon sig för att försöka tränga undan oron lite och tänka på något annat. Problem var till för att lösas, och så länge de inte uppstått fanns det ingen som helst anledning att ägna dem en tanke ens.

När Ebba skulle tänka på något bra istället, kom tankarna upp på den gångna helgen med Ludvig. Ju mer hon funderade på det, stod det allt mer klart att hon blivit kär i honom. Så fort hon kom hem skulle hon ringa till honom, dels för att höra hur det stod till, men även för att få lyssna på hans underbara röst. Hon såg verkligen fram emot att få träffa Ludvig till helgen igen.

Precis när hon satte nyckeln i låset, ringde hennes mobiltelefon. Till sin förvåning fick hon se att det var Lisa som ville prata med henne.

När hon fick höra hennes ärende, skrattade hon till och kände sig lättad över att det bara gällde vilka kläder som passade när man skulle besöka Oskar på anstalten.

Ebba tyckte det var lätt att prata med Lisa, och de bestämde att de skulle hålla kontakten med varandra i fortsättningen.

Klockan var framåt halvåtta när Ebba äntligen fått det mesta gjort och kände att hon hade tid att ringa Ludvig. Nästan direkt svarade han, men lät jäktad och bad att få ringa upp lite senare. I bakgrunden hörde Ebba en röst som hon inte kände igen. Det enda hon var helt säker på, var att den tillhörde en tjej och oron steg inom henne så att det kändes som en stor klump i mellangärdet.

Just nu orkade hon inte med fler motgångar, men hur hon än försökte, satte hennes tankar bilder på vad hon befarade.

Tre timmar senare ringde Ludvig och då hade Ebba brutit ihop fullständigt och gråtit hejdlöst flera gånger. Inom sig kände hon på sig att han ringde för att säga att han träffat en annan och ville göra slut.

-Hej Ebba, hoppas jag inte väckte dig, sade Ludvig som inte märkt att rösten som svarade lät ledsen och uppgiven.

Kan du tänka dig, det kom en polisbil hit förut och stannade utanför min port. Det dråpliga var att det ringde på hos mig några sekunder senare och när jag kikade i titthålet såg jag en uniformsklädd person utanför! Fattar du, jag höll på att skita ner mig!

-Vad ville de dig, har du gjort något så att du sitter inne? undrade Ebba som för tillfället sopat bort tankarna på att Ludvig kanske varit otrogen.

-Nej för tusan, det var Leila, min syster som kom och hälsade på. Hon jobbade ett par år i Stockholm efter polisutbildningen, men har nu fått en tjänst här i Nyköping. Hon hade med sig munkar, så vi har fikat och snackat hela kvällen.

Hur har du haft det då? undrade Ludvig.

-Jo, det är väl rätt bra med mig. Det enda är att jag tror att jag åker på en omtenta den här gången. Förmodligen gick det åt pipan precis, men jag är nog inte ensam i så fall. Alla tyckte den var skitsvår, sa de i alla fall, fortsatte Ebba med nedstämd röst.

-Jag känner på mig att du får godkänt, för du är så skärpt, sade Ludvig. Jag längtar till helgen, då vi ses igen, fortsatte han.

-Jag längtar också. Då får du berätta mer om vad din syrra hade att säga, men nu känner jag att det är dags att sova. Jag älskar dig, Ludvig, fortsatte Ebba spontant utan att riktigt tänka på vad hon sade. Men det kom helt klart från hjärtat.

-Jag älskar dig med Ebba och sov gott, vi hörs! tillade Ludvig innan samtalet avslutades.

-Oskar Scott, vakna! vrålade en bestämd röst medan nycklarna rasslade mot celldörren när den öppnades. Brandlarmet har gått, så det är utrymning som gäller, fortsatte rösten som kom från en av vakterna.

-Okej jag kommer, svarade Oskar som först nu hörde

44

larmljudet. Yrvaken och lite bortkommen satte han sig upp i sängen och började se sig om var hans kläder fanns någonstans.

-Du får nöja dig med att ha kalsongerna på dig, det är ingen jäkla modevisning du ska på! Ut nu! skrek vakten med en viss oro i rösten.

Först när Oskar kom ut i korridoren kände han den fräna lukten av brandrök och paniken steg inombords.

Tusan, var det så här det var tänkt med mitt liv, att bli innebränd i ett fängelse vid tjugoett års ålder!

Det kalla klinkersgolvet mot de bara fötterna förstärkte obehaget och känslan av hopplöshet infann sig. Från olika håll hördes desperata skrik från medfångarna.

Oskar försökte fokusera och få ordning på alla intryck som kom, men lyckades inte med det. Tankarna bara snurrade i huvudet på honom, helt utan struktur.

En timme senare fick alla gå tillbaka till sina celler igen.

Vad det var som tagit eld lämnades inga besked om i nuläget, det enda de fick veta var att faran var över och att lokalerna hade vädrats ur tillräckligt.

Oskar hade svårt att somna efter händelsen, mycket beroende på att han försökte höra om brandlarmet gick igång igen. Han tyckte det var oroväckande att han inte vaknat av det när det ringde första gången, och var rädd för att det skulle upprepas.

Efter frukost fick de intagna veta att det uppstått en brand på svetsavdelningen, men att den släckts av sprinklersystemet som gått igång automatiskt.

Brandtekniker var tydligen på plats för att utreda närmare vad som orsakat det hela.

Dagarna fram till helgen flöt på som vanligt på anstalten och Oskar började på allvar räkna ner dagarna som var kvar till frigivningen.

När Lisa kom på lördagsförmiddagen kändes det som om båda lyssnade in mer vad den andra hade att säga. Det verkade som tiden de varit ifrån varandra gjort att de mognat en hel del, och förutsättningarna för att förhållandet skulle hålla den här gången, kändes betydligt större.

Innan Lisa skulle gå därifrån sade hon att hon gärna ville att Oskar flyttade in i hennes lägenhet när han kom ut.

-Självklart att jag vill, ska jag vara riktigt ärlig så har jag inte någon annan utväg än att flytta hem till morsan och farsan annars. Det är klart att det går, men det är ingen dröm precis. Men jag vill inte att du känner dig tvungen till att vi ska flytta ihop, är det verkligen okej för dig då? undrade Oskar.

-Jag vill att vi bor tillsammans! Jag hade inte bestämt något om det innan jag kom hit, men efter att vi snackat nu så känns det helt rätt, svarade Lisa övertygande.

-Vad kul, jag räknar med att få jobb ganska snart när jag kommer ut, så förhoppningsvis bör jag kunna vara med och betala hyran, fortsatte Ludvig.

-Vad säger du? Jag har räknat med att du skall betala hela hyran så att jag kan lägga mer pengar på shopping, svarade Lisa med en gravallvarlig min.

-Ojdå, ja det kan jag väl göra då, svarade Ludvig osäkert.

-Ha, det var bara ett skämt! sade Lisa och skrattade.

-Shit, jag gick på det stenhårt, svarade Oskar medan han tittade ner i golvet och log.

En lång kyss senare var besökstiden slut och de fick säga adjö. Helt klart var, att de skulle höras snart och att Lisa skulle besöka honom igen, men de bestämde inte riktigt när. De fick se när det passade, kom de överens om.

När Lisa gått skickade Oskar ett textmeddelande till sin syster Ebba för att höra hur läget var. Till svar fick han veta, att just hon var en av några få som klarat senaste tentan, och att hon nu var nere i Nyköping igen. Oskar anade att det inte var för att besöka föräldrarna som hon åkt till hemstaden igen, utan för en viss Ludvig, men skrev inget om det. Han ville inte reta upp henne för mycket nu, när hon hade lovat att hjälpa honom med att försöka få en anställning när han släpptes ut.

Med all säkerhet skulle han nog få veta ändå om det var något mellan hans syster och Ludvig dagen därpå, då han skulle få besök av honom. Av någon anledning kände han sig lite nervös inför det mötet. Oskar kunde inte riktigt definiera varför han var orolig, det var bara något obeskrivligt ovisst kring besöket som väntade.

Ludvig var sig lik, tyckte Oskar när han fick se honom lufsa in i besöksrummet. Att påstå att han var tjock var en ganska grov överdrift, snarare att han var kraftigt byggd. Om han satte igång att träna styrketräning på allvar, borde han snart vara respektingivande, tänkte Oskar.

-Tjena polaren, kul att se dig, vi får fixa en riktig brakfest för dig när du kommer ut härifrån, sade Ludvig.

-Hej du! Förmodligen blir jag full på en lättöl nu. Jag har inte fått en droppe sprit på fyra månader, så det tar nog ett tag innan jag kan dricka som folk igen.

-Det är jag nog rätt person att hjälpa dig med, fortsatte Ludvig och skrattade lite osäkert.

-Visst är det trevligt med besök och särskilt av dig gamle kompis, men besökstiden är ju rätt så kort, så var det något speciellt du ville? undrade Oskar.

-Jo, visst är det något utöver det vanliga, sade Ludvig och böjde sig fram mot Oskar, för att kunna prata så tyst som möjligt och inte avslöja något för vakterna.

I korthet så behöver jag och min chef lite hjälp av en person som vi kan lita på till hundra procent, och det är där du kommer in i bilden.

-Bara det inte är något olagligt som jag kan åka in för igen, svarade Oskar, orolig för vad som skulle komma härnäst.

-Nej för tusan, för din del är det bara till att hålla uppsikt under tiden vi gör en liten omlastning av varor. Du behöver inte vara närmare oss än femtio meter, så då kan man väl knappast kalla dig för medskyldig. Du får dessutom ta dig från platsen på egen hand, ifall vi mot all förmodan skulle bli ertappade. Senast en vecka efter operationen som tar högst en timme sammanlagt, får du sjuttiofem tusen kronor i kontanter, lika mycket som jag. Låter det intressant? frågade Ludvig med en övertygande blick.

-Visst är jag i grymt stort behov av pengar, men jag får ju räkna med att jag har ögonen på mig när jag kommer ut. Så det får absolut inte sluta med att jag åker in igen, för då vet jag inte vad jag tar mig till, svarade Oskar lite skärrat.

-Gör så här nu, att du funderar på det en vecka och sedan vill jag ha ett svar. Kan jag komma nästa söndag med? undrade Ludvig.

-Jo, det går bra samma tid. Som det känns nu är jag med på det, dels för att det verkar riskfritt och sedan som sagt, behöver jag pengar till allt möjligt och då är det här ett bra startkapital, sade Oskar.

-Bra! Vi syns, sade Ludvig samtidigt som han reste sig upp och sköt in stolen.

Några minuter senare satte sig Oskar på sin sängkant i cellen och började fundera. När han summerade samtalet kände han en ganska stor portion av upprymdhet inom sig. Från att ha varit som en förlorare skulle han nu hastigt och lustigt äntligen kunna sätta lite guldkant på sitt liv.

-Tänk att få bjuda Lisa på en utlandsresa och kanske till och med kunna köpa en åtminstone halvskaplig bil. För cirka femtio tusen borde det ju gå att hitta en skaplig kärra, som man kan ha när man pendlar till något jobb i närheten, spekulerade han i tysthet.

Oskar tänkte först i sin glädje ringa till Lisa och tala om vad Ludvig sagt, men kom snart på att det var en väldigt dålig idè. Det här var något som han aldrig fick säga ett knyst om någonsin, inte till någon.

På kvällen när han skulle sova, tänkte han att Lisa och han gick och höll varandras händer på en solig strand någonstans där det var varmt och skönt.

-Hoppas allt går som jag vill, sade Oskar tyst för sig själv innan han somnade med ett leende på läpparna.

Kapitel 6

Ebba väntade otåligt på att Oskar skulle komma gående ut genom grindarna från anstalten. Det var visserligen bestämt att frigivningen skulle ske klockan tio prick, men Ebba trodde inte det var så skitnoga med tiden, så hon hade varit på plats redan lite efter nio. Eftersom han hade en del personliga tillhörigheter, hade han frågat om hon kunde hämta honom i bil för att slippa dra med grejerna på en buss. Ebba hade sagt att det inte var några problem, för hon visste att hon när som helst fick låna föräldrarnas BMW X3. Dessutom hade det passat så bra, för hon var ledig just den här måndagen och tänkte åka till Norrköping först morgonen därpå, för att kunna närvara vid en föreläsning.

Lite före halvelva kom Oskar äntligen ut och Ebba gick ut ur bilen för att ge honom en rejäl kram.

-Välkommen till friheten, sade Ebba medan hon hjälpte Oskar bära en kasse med kläder.

-Tackar! Jag ser att du lånat farsgubbens bil så jag förstår att han är på skapligt humör idag då, muttrade Oskar som innerst inne var lite osäker på var han hade sina föräldrar. Han förstod mycket väl om de såg ner på honom, dels för att han suttit inne men även för en sådan grej som att han knarkat lite av varje. Det var ju inte något som precis lyste upp i meritförteckningen.

-Du kan vara helt lugn, de vill inget hellre än att du kommer in i vardagslivet igen. Det du har gjort drar de ett sträck över och vill istället att det blir en nystart igen. Jag tror att de rannsakat sig själva en del med för den delen, särskilt farsan. Han har insett, att genom att vara alldeles för på med pekpinnar och förmaningar så har han drivit dig i motsatt riktning. Det gäller säkert hans påverkan av sina bröder med, för den delen.

-Okej, det låter ju bra. Vart är vi på väg nu då? undrade Oskar.

-Först åker vi hem så bjuder morsan på Janssons frestelse och sedan har jag fått i uppdrag att skjutsa dig till en viss Lisa, är hon bekant eller? frågade Ebba retfullt.

-Låter toppen! Krubbet jag fått de senaste fem månaderna kan jag inte klaga på, men det är klart, det går inte upp mot morsans hemlagade.

Och visst, som du förstår, så har Lisa och jag bestämt oss för att flytta ihop. Att hon gjorde slut för knappt ett år sedan var ju inte så konstigt precis. Härligt att hon ger mig en chans igen, den tänker jag definitivt inte sumpa. På tal om förhållanden, hur går det med gulleplutten Ludvig? frågade Oskar sarkastiskt.

-Det går bra och nu är vi framme, sade Ebba när hon svängde in på garageinfarten samtidigt som hon ångrade att hon lagt näsan i blöt och varit nyfiken angående Lisa.

Maten smakade förträffligt, vilket den alltid hade gjort när morsan lagat den, tänkte Oskar. Det blev ändå en ganska stel tillställning där alla var noga med att försöka hålla sig på sin kant och inte göra bort sig eller anklaga någon för något.

Oskar kände sig lättad av att det ändå gått hyggligt bra, när det äntligen kom på tal att Ebba skulle skjutsa honom till Lisas lägenhet.

-Behöver du hjälp med något så vet du var vi finns, sade hans pappa Henrik när det var dags för avsked.

-Tack det är snällt av er, svarade Oskar och gick fram och gav både sin mamma och pappa en kram, vilket inte hade skett på åratal.

-Du ser, de vill oss bara väl, sade Ebba när hon backade ut på gatan för att åka därifrån.

-Jag vet det. Det kan vara jobbigt ändå, svarade Oskar eftertänksamt en stund senare, medan han tittade ut på staden han inte sett under nästan ett halvår.

-Hej älskling! sade Lisa och kysste Oskar när hon öppnat dörren.

Jag har bakat en tårta och på köpet har jag en överraskning åt dig Ebba! Gissa vem som kommer hit om fem minuter och fikar med oss!

-Kan det vara Ludvig? frågade Ebba entusiastiskt.

-Visst! Hoppas ni gillar Prinsesstårta, sade Lisa medan hon gick ut i köket och satte på kaffebryggaren.

-Bara så du vet Oskar, så blir det fest hemma hos mig på lördag. Det går ju inte att dra på för fullt en vanlig måndagskväll, då börjar nog grannarna klaga, sade Ludvig som just kommit.

-Härligt, det ser jag fram emot. Även en sådan sak som att sitta här och käka tårta med er är helt fantastiskt, sade Oskar.

När Lisa och Ebba en stund senare gick ut på balkongen för att röka, passade Ludvig på att berätta lite om planerna framöver för Oskar.

-Det blir redan imorgon kväll, hoppas du inte har något inplanerat. Vi ses nere på mitt jobb klockan arton och sedan åker vi ner till Nyköpingsbro, du och jag i firmans skåpbil och Stefan, min chef, i sin privata bil. Sedan får du ta hans bil själv därifrån, ifall vi blir stoppade och behöver visa legitimation. Får polisen se dig som nyligen suttit inne, i en nedlastad skåpbil lär de nog bli intresserade av att se vad lasten består av.

-Hur ska jag kommunicera med er om det kommer någon så att jag måste varna er? undrade Oskar.

-Genom komradio. Vi har alltid ett par liggande i firmabilen för de är bra att ha ibland, särskilt när vi håller på med antennarbeten. Det går mycket smidigare än att hålla på med mobiltelefoner i sådana lägen.

-Okej, då är jag med. Jag kommer inte på något jag undrar över just nu, skulle det vara något får du reda ut det imorgon kväll. Vi får börja snacka om något annat nu, tjejerna är på väg in från balkongen, sade Oskar.

-Visst, så gör vi, sade Ludvig och nickade instämmande.

-Fanns det mer kaffe till tårtan som är kvar? Det var så jäkla gott så jag vill ha mer, sade Oskar till Lisa.

-Jag kan sätta på lite mer. Det var kul att det smakade, svarade Lisa och skrattade.

En halvtimme senare drog Ebba och Ludvig iväg, båda var tvungna att gå upp ganska skapligt dagen därpå. Kvar i soffan satt Oskar och kände sig helt lycklig, medan Lisa dukade bort.

-Det är så underbart att få vara tillsammans med dig igen och att få vara fri. Det är först nu som jag begriper att jag skall värdesätta det, för nu vet jag hur det är att leva utan dig och friheten, sade Oskar eftertänksamt.

53

-Djupt sagt, men kom nu så går vi och duschar. Vi diskar upp det här i morgon bitti, sade Lisa och klädde av sig naken och gick in i badrummet.

Ännu en gång påmindes Oskar när han fick se Lisas underbara kropp, om vilken idiot han hade varit som låtit förhållandet spricka. Det får aldrig ske igen tänkte han för sig själv medan hans kläder åkte av och han skyndade sig in till Lisa i duschen.

En stund senare hamnade de i sovrummet, men inte för att sova precis.

Hungern av varandra kändes omättlig, och lyckan verkade total.

-Tänk om man kunde stanna tiden just nu, sade Oskar euforiskt.

-Ja, det skulle vara underbart, svarade Lisa innan de kysstes igen.

Utmattade och trötta väcktes de av en väckarklocka som ringde klockan sju.

-Jag måste vara på jobbet lite tidigare idag, för vi får in en leverans av sommarkläder nu på förmiddagen. Vad ska du göra idag? undrade Lisa.

-Jag tänkte att jag skulle hjälpa dig om du vill. Kanske det behöver städas, tvättas eller handlas hem något. Ikväll behövde visst Ludvig hjälp med något på sitt jobb, jag fattade inte riktigt vad det gällde, svarade Oskar.

-Städa kan du gärna göra, för det behövs verkligen. Hur går det med jobb, har du hört något?

-Ja det är på gång. Allt lutar åt att jag får ett vikariat om ett par veckor, och går det bra bör jag få fast anställning på det företaget till hösten, svarade Oskar nöjt.

-Fint, då kanske jag tackar ja till att jobba i sommar i butiken, om du ändå arbetar då. Förhoppningsvis kanske vi kan få lite semester i höst istället, eller vad tror du? frågade Lisa medan hon gick ut till köket för att ta fram frukost.

-För tidigt att spekulera i, men det vore ju drömmen om vi kunde göra så, svarade Oskar samtidigt som han tänkte på hur bra det skulle vara med de sjuttiofem tusen som var på ingång.

Det borde varit en av de enklaste sakerna på jorden att dammsuga en lägenhet på knappt sjuttio kvadratmeter, men inte den här gången, tänkte Oskar förargat. När han märkte att den sög dåligt, beslöt han sig för att byta dammsugspåse. Till allt elände var den gamla påsen trasig så allt skräp for ut på köksgolvet. Precis som enligt Murphys lag, så hade Lisa inga nya påsar hemma, så det var bara att ge sig ut på stan för att inhandla. Framåt lunch var allt äntligen fixat, och precis när Oskar ställde in dammsugaren i städskåpet, ringde det på mobiltelefonen. Det var Lisa som sade att om han hann, så fick han gärna handla lite av det de behövde.

-Du ser nog vad som håller på att ta slut, fortsatte hon.

-Visst, jag ordnar det. Jag passar på att köra en tvättmaskin med för jag hade med mig en del smutstvätt igår, svarade Oskar.

-Det går bra, vet du när du kommer hem ikväll efter att du hjälpt Ludvig? undrade Lisa.

-Nej, inte en aning, men känner jag honom rätt kan det bli ganska sent. Du behöver inte sitta uppe och vänta på mig. Jag har ju fått en reservnyckel av dig, så jag smyger in utan att väcka dig i så fall, sade Oskar innan de avslutade samtalet.

Solen var på väg ner och det såg lite mulet ut när Oskar gick till Ludvigs arbete. Det hade lovats regn framåt natten vilket inte gjorde så mycket, för huvudsaken var att det var uppehåll under kvällen, tänkte han.

När han kom fram öppnades dörren av Ludvigs chef som tog honom i hand.

-Hej, jag heter Stefan. Bra att du tog en rejäl jacka på dig så att du inte fryser ikväll, sade han.

-Hej, Oskar heter jag. Javisst, den har en skön kapuschong med, som kan komma till användning.

-Det är bra det. Här är en kommunikationsradio som du kan ta i en innerficka. Våra mobiltelefoner lämnar vi här så att de inte kan spåras på något sätt, sade Stefan.

-Okej. Får jag dina bilnycklar när vi kommer fram eller lägger du dem någonstans? undrade Oskar.

-Vi gör så här, att du åker med Ludvig i firmabilen till Nyköpingsbro där en lastbil skall lämna gods till oss klockan åtta ikväll. Jag parkerar min Saab 9 5 en bit därifrån och lägger nycklarna på höger bakdäck, så kör du den hit sedan när allt är över, fortsatte Stefan.

-Visst. hur lång tid tror du att det tar ungefär? frågade Oskar.

-Det är tjugo fina platt-tv och tvåhundra bärbara datorer som skall lastas över, så jag beräknar att vi bör klara av det på mindre än en halvtimme, förklarade Stefan.

-Det är dags att åka nu om vi ska kunna köra lagligt, sade Ludvig och tittade på sitt armbandsur.

-Ja, sade Stefan. Det är bra om vi är på plats lite innan lastbilschauffören, för då kan vi se ut en lämplig

omlastningsplats där det inte passerar en massa folk.
-Jag lade märke till att det inte sitter några reklamskyltar
på skåpbilen, men tänk om någon skriver av
registreringsnumret? sade Oskar undrande när de
kommit iväg.
-Det är lugnt, sade Ludvig och plockade fram en rulle
svart eltejp ur sin jackficka. Som du kanske lade märke
till så står det två stycken "L" i början på registrerings-
skylten. När vi kommer fram gör jag om dem till två "E"
istället, fortsatte Ludvig och log.
- Så förträffligt. Hur kommer det sig egentligen att vi får
så bra betalt för bara ett par timmars jobb, tjänar Stefan
så bra på den här kuppen så att det går ihop sig?
frågade Oskar.
-Bara för TV-apparaterna får han ut etthundrafemtio
tusen som du och jag får dela på. Alla laptops säljer han
vidare till en firma i Södertälje för femtusen kronor styck,
vilket ger en miljon kronor svart. Så visst blir det ett
ordentligt lyft för Stefans företag.
-Men märker inte Skatteverket om det plötsligt kommer
in en miljon på företagskontot? fortsatte Oskar.
-Det gör de säkert, därför sätter han nog inte in
pengarna där. Dessutom tror jag att Stefan skiter i att ta
ut någon lön det närmaste året och säger att han lever
på sin frugas lön, för att rädda sitt företag. Det är en
ganska logisk förklaring som de säkert godtar, sade
Ludvig.
-Det verkar väldigt genomtänkt alltihop, så jag har svårt
att föreställa mig att något kan gå snett, sade Oskar
efter en liten stunds tystnad.
Ludvig svarade inte utan bara log brett och tänkte på

vad han skulle köpa för pengarna som snart rann in.

Klockan var runt halvåtta på kvällen när Ludvig
bromsade in på avfartssträckan till Nyköpingsbro. Det
var fortfarande uppehåll men det såg ut som om regnet
inte var så långt borta. Längst ut i ett hörn på
lastbilsparkeringen stannade Ludvig skåpbilen och
stängde av motorn tills Stefan kom.

Efter några minuter såg de Stefan komma gående
bakifrån i backspeglarna och gick ut för att möta honom.

-Nu står min röda Saab parkerad därborta, du ser den
väl när du kommer närmare. Jag vill att du är placerad
på den lilla höjden med bord och bänkar, sade Stefan
och pekade med hela handen. Om du ser någon polisbil
eller något annat som verkar misstänkt, anropar du mig
på kanal ett, fortsatte han.

-Solklart, kan vi göra ett förbindelseprov så vi vet att
kommunikationsradio-apparaterna fungerar? frågade
Oskar.

-Visst, du kan gå bort dit redan nu, och när du är
framme testar vi. Använd inte några namn utan kalla dig
själv för ettan och oss för tvåan, sade Stefan.

-Okej, svarade Oskar och gick bort mot platsen som
Stefan angett.

För att slippa stå, satte han sig på kanten till ett av
borden varifrån han kunde överblicka all inkommande
trafik.

-Ettan här, hör du mig tvåan? frågade Oskar och släppte
anropsknappen.

-Tvåan här, hörs bra, klart slut, sade Stefan och
stoppade in apparaten i en innerficka på sin jacka.

Oskar visste inte riktigt var han skulle göra av sina händer där han satt och väntade. I normala fall hade han helt klart plockat fram sin mobiltelefon och surfat på den, men den hade han ju inte fått ta med sig. Att bara sitta och spana åt alla håll kunde ju lätt verka misstänkt för en förbipasserande, så Oskar började känna efter i sina fickor om det fanns något i dem han kunde fördriva tiden med. Efter ett par genomsökningar gav han upp den tanken, för det enda han hittade var en ful liten lapp med tvättfakta.

Plötslgt kom en stor gul lastbil körande och Oskar såg Stefan vinka till sig den. Så fort den stannat och öppnat bakgaveln, backade Ludvig intill skåpbilen så att överlastningen skulle gå smidigt.

Det hade skymt mer nu, och Oskar kunde bara ana vad som pågick. Det enda som lyste upp lite, var belysningen inne i lastbilsskåpet, men det verkade inte vara någon i närheten som var ett dugg intresserad av vad som var på gång. När TV-apparaterna lastats längs fram i firmabilen, tog lastbilschauffören fram handtrucken och körde smidigt in två pallar med ett hundra bärbara datorer på varje. Allt gick på mindre än en kvart, och precis när Stefan gjort en oläslig signatur att han mottagit varorna som någon annan egentligen skulle ha, kom de första regndropparna.

Lastbilschauffören hade bråttom och hoppade in i sin hytt för att köra iväg.

-Ettan kom, hörde Oskar på radion.

-Ettan här, fick Stefan till svar.

-Tvåan färdiga nu, så vi stänger av radion och drar. Klart slut, sade Stefan.

-Uppfattat, klart slut, sade Oskar och stängde av radion och gick bort mot den röda Saaben.

-Var i helvete har han lagt bilnycklarna, väste Oskar för sig själv när han gått två varv runt bilen och känt med handen på varje däck. Tredje varvet sökte han systematiskt av runt varje däck på marken, för att förhoppningsvis finna nycklarna där om de ramlat ner. Trots de kyliga regndropparna som börjat slå mot ansiktet, kände Oskar hur han blev totalt genomsvett. Paniken tilltog och han visste inte vad han skulle ta sig till. När han kände på dörrarna och märkte att bilen givetvis var låst, tänkte han ett slag slå sönder en ruta för att komma in i bilen. Den tanken förkastade han dock genast, eftersom bilen var alldeles för ny för att det skulle gå att tjuvstarta den. Till allt elände satt det larm på bilen, så det gällde att finna en annan utväg, tänkte Oskar och försökte komma på en lösning.

Han fick plötsligt en idè om att anropa Stefan på komradion, kanske hade han den fortfarande påsatt, tänkte Oskar och gick bort till en liten höjd för att få längre räckvidd. Efter några försök gav han upp då ingen svarade.

Det var helt mörkt nu och regnet öste ner, så han kände att hans jacka blev allt tyngre av vätan.

Oskar visste att det bara var en tidsfråga innan han skulle känna den obehagliga känslan, när regnet trängt igenom hans kläder och in till kroppen.

För länge sedan hade han gett upp hoppet om att Stefan och Ludvig insett att han var utan nycklar och skulle återvända till honom.

Möjligtvis hade Stefan stoppat Saab-nycklarna i en byxficka, eller kanske hade han tappat dem när de lastade över varorna, tänkte Oskar och gick bort mot platsen där de varit.

Efter lite letande såg han något som blänkte till på marken och gick närmare för att undersöka vad det var.

Till sin förfäran fick han se att han visserligen hittat bilnycklarna, men att de var totalt obrukbara.

Antingen hade nöthuvudet Stefan lagt nycklarna på skåpbilens däck och sedant kört över dem, eller så hade han tappat dem och lastbilen hade mosat dem när den åkt därifrån, tänkte Oskar.

Uppgiven tittade han sig omkring, när hans blick plötsligt fastnade vid en husbil som stod parkerad en bit därifrån. Det var något med den som inte stämde när han systematiskt tittade på den, utan att kunna fastställa vad det var. Kanske det helt enkelt berodde på att den var parkerad så enskilt, en bra bit från övriga husbilar.

För att stilla sin nyfikenhet gick han försiktigt fram mot den, för att försöka lista ut om de skulle stå där över natten.

Efter ett par timmar och inget hade hänt, smög han sig lite närmare ändå. Med lite tur kunde han ta husbilen om ägarna gick ut för att ta en nypa frisk luft innan de skulle sova, tänkte Oskar.

Kapitel 7

-Borde inte Oskar hunnit ifatt oss, är han så dålig på att köra bil? undrade Stefan och tittade ivrigt i backspeglarna.

-Han brukar inte vara rädd för att gasa, men jag kan tänka mig att han vill ha lite distans till vår skåpbil nu när vi har den här lasten, svarade Ludvig.

-Förmodligen har du rätt, han ligger nog på behörigt avstånd för säkerhets skull. Kan du förresten hjälpa mig i morgon klockan åtta att lasta av TV-apparaterna? Vi tar dem genom skjutdörren på sidan. Börjar vi lasta av dem ikväll är det alltid någon vetgirig gammal kärring som undrar vad vi håller på med, sade Stefan.

-Inga problem, det löser vi. Kör du datorerna till Södertälje sedan? undrade Ludvig.

-Ja, det gör jag. Om allt går bra bör jag vara tillbaka vid lunchtid imorgon, svarade Stefan.

-Perfekt! Det är bara en sak jag funderat på. Hur kunde du blåsa lastbilschauffören så smidigt, jag menar, det här skulle väl lastats av någon annanstans? sade Ludvig.

-Det var enkelt, jag hackade bara in mig på transportföretagets leveransordrar, och ändrade leverans-adress för ett lämpligt parti.
Det fina är att jag kan hacka in mig igen och ange den gamla platsen som det skulle levererats till, och därmed få dem att anklaga varandra, förklarade Stefan nöjt.

-Det låter inte som om det blir en bra vecka för dem, sade Ludvig medlidsamt.

-Tja, det skulle inte förvåna mig om det i slutändan blir ett försäkringsärende av det hela. Och i sådana lägen vet man ju hur folk är, de drar till med att de blivit av med dubbelt så mycket för att tjäna på det. Med andra ord tror jag att ett försäkringsbolag får stå för smällen, vilket jag inte tycker är mer än rätt, med tanke på vilka skyhöga premier de har, fortsatte Stefan.

Ludvig nickade instämmande men höll ändå inte riktigt med.

Inom sig tänkte han, att det var just sådana här operationer som drev upp premierna ännu mer.

Han kunde dock inte säga att han gärna ville avstå från de sjuttiofemtusen han skulle få, så innerst inne insåg han att Stefan hade helt rätt i det han sagt.

Så länge man kan tjäna på något själv när man utnyttjar ett system, så gör man det.

-Ska vi sätta på lite kaffe medan vi väntar på Oskar? undrade Stefan när han körde in på bakgården till firman.

-Det kan vi göra, jag har ingen som väntar på mig ikväll, svarade Ludvig.

När Stefan hällt upp kaffe i varsin mugg och sparat lite i kannan till Oskar, stelnade han till och höll andan.

Plötsligt hade det slagit honom, att han kanske lagt Saab-nycklarna på firmabilens bakdäck.

I sin iver att allt skulle gå rätt till, var det möjligt att han antingen gjort det, eller stoppat nycklarna på sig.

Snabbt undersökte han sina fickor utan att finna dem.

-Jävlar, jag vet inte var jag lade nycklarna, vad gör vi nu? frågade Stefan.

-Ingenting, Oskar sitter inte i sjön. Det är ingen idè att vi åker ner och letar efter honom, för han är förmodligen redan på väg hit.

-Hoppas du har rätt, du känner ju honom bättre än jag. Reservnycklar till Saaben har jag förresten här på firman, så vi får se om vi kan åka ner och hämta bilen imorgon när jag kommer från Södertälje.

-Det löser sig med det, sade Ludvig medan han drack ur sitt kaffe och reste sig från stolen för att snart gå hem. När Oskar kommer till Nyköping i natt, sticker han nog hem till Lisa direkt. Sedan kommer han väl hit imorgon förmiddag för att hämta sin mobiltelefon och då kan jag ju fråga honom om han vill följa med mig och hämta Saaben. I så fall kan vi åka när du kommer från Södertälje för att slippa ha firman obemannad i flera timmar.

-Ja, det låter som en bra idè. Jag går hem och knyter mig med nu, det har varit en lång dag. Tack för hjälpen! Kuppen vi gjort har ju varit enastående, jag hade aldrig klarat det själv, sade Stefan.

-Tack själv, vi ses imorgon, svarade Ludvig och stängde dörren efter sig.

Oskar var inte helt säker, men förmodligen hade han slumrat till ett tag trots skitvädret. Allt verkade lugnt i husbilen och när han kröp lite närmare såg han att förardörren var lite öppen. Låset var helt klart uppbrutet med en mejsel eller dylikt, kunde han konstatera. Utan att ens öppna den, såg han i skenet av en passerande bil, att det låg något mellan solskyddet och innertaket i husbilen.

Med stor sannolikhet kunde det vara startnycklarna som låg där, tänkte Oskar och log.

För att förvissa sig om att inte någon låg och sov därinne, knackade han bestämt på karossidan. Efter ytterligare någon minut och allt verkade lugnt, öppnade han försiktigt förardörren, bara så mycket att han kunde slinka in och sätta sig.

Sätet kändes inte nedsuttet det minsta, till skillnad mot firmabilen han åkt dit i. Förmodligen var husbilen helt ny, tänkte Oskar medan han tog ner nycklarna.

Det var dock en annan väsentligare sak han reflekterade över när han drog första andetaget bakom ratten.

En lukt som omedelbart fick honom att känna sig omtöcknad och vilja somna bort från allting, infann sig.

-Här gäller det att fokusera, starta och sätta på fläktsystemet och sedan åka härifrån, sade Oskar högt till sig själv.

Att det var något annat än nybilsdoft han andades in, stod klart omgående.

Det här var någon slags gas som verkade slå direkt på hjärnan, anade Oskar.

När han var på väg fram till motorvägs-påfarten, hördes en dov duns, inne från husbilens bakre delar. Det lät som något tungt, men inte speciellt hårt föremål som ramlade ner på golvet.

Oskar märkte att trots att han gjorde allt han kunde för att klara av situationen, så gick det inte.

Plötsligt var hans blick inskränkt till att se något som liknade full snöstorm, tänkte han innan han svimmade.

När Leila cyklade till sitt arbete redan halvsex på onsdagsmorgonen, tänkte hon att hon kanske skulle bjuda sin bror Ludvig på fika till kvällen. Det hade känts sist när de träffades, att de fått en mycket bättre relation nu än de haft när de växt upp under samma tak med sina föräldrar. Vad det berodde på visste hon inte riktigt, möjligen var det för att de mognat eller värdesatte varandras vänskap mer nu.

Leila bestämde sig för att skicka ett meddelande till honom under frukostrasten och höra om han hade något för sig till kvällen. Hade han inte det, tänkte hon baka något att bjuda på, för det hade hon tid med. I och med att hon började jobba redan klockan sex, så slutade hon vid fjorton. Hon visste att Ludvig kom loss först några timmar senare, så för hennes del skulle det passa utmärkt.

-Godmorgon, hörde Leila en röst bakom sig säga, när hon ställde ifrån sig cykeln och låste den.

-Morrn Jesper, allt bra med chefen? svarade Leila medan hon stoppade nyckeln på sig.

-Fint med mig, vi får väl gå in och höra med nattgänget om det är något på gång, svarade Jesper och höll upp dörren.

Leila nickade instämmande och gick in.

Av de som jobbat natt fick de veta att alla larm under natten blivit åtgärdade, men att det kommit ett för några minuter sedan som nog borde kontrolleras.

Det var en husbil vid Nyköpingsbro som parkerat konstigt. Tydligen stod den vid sidan av en påfart med framhjulen i luften, som om den blivit hängande på något. Det fanns inga uppgifter om att det synts någon person där. Det blev inrapporterat av en chaufför på en turistbuss på väg norrut, som inte hade möjlighet att se mer själv.

-Det låter märkligt, vi åker dit direkt, sade Jesper till Leila.

Precis samtidigt som de satte sig i polisbilen fast någon mil därifrån, vaknade Oskar.

Först hade han svårt att förstå var han befann sig någonstans, men upptäckte snart att han låg med överkroppen på ratten i en husbil.

Huvudvärken var enorm och han kände sig väldigt yr när han öppnade dörren för att kliva ut.

Det var så illa med honom, att han var tvungen att lägga sig ner lite på gräset. Tankarna snurrade i huvudet på Oskar när han försökte minnas om han ätit något olämpligt, men han kom inte på något speciellt.

Visserligen hade han tryckt i sig massor med tårta härom kvällen och sedan hade det inte blivit någon mat alls dagen därpå, men det var inget han brukade reagera så här häftigt på.

Värken i huvudet kom som skärande blixtar, vilket han inte varit med om tidigare, inte ens när han varit i slagsmål och fått stryk.

Hur han än försökte, så kunde han inte minnas något om varför han suttit bakom ratten i en husbil han inte kände igen.

Det som höll på att skrämma livet ur honom, var dock den bild som gång på gång kom upp i hans hjärna. På den syntes en äldre man som blivit brutalt mördad genom att få sin hals avskuren.

Oskar hann se att den dödes ögon liksom stirrade på

honom med en anklagande blick.

Var synen kom ifrån eller vad den betydde visste inte Oskar, men han hoppades att det skulle klarna så småningom. Med stapplande steg tog han sig från platsen in i skogen.

-Vad tror du, är det en olycka eller kan det ligga ett brott bakom att husbilen står sådär? frågade Leila när de kom fram.

-Vi får utgå från att det är ett brott när vi inte är säkra, så på med handskarna, svarade Jesper.

-Det ser helt klart ut som om förardörren är uppbruten, sade Leila när hon kom fram till husbilen.

-Okej, och här ser det ut som om någon har kräkts, det är inte säkert att det har med det här att göra men det kan i nuläget inte uteslutas, sade Jesper.

-Tycker du att jag ska kalla hit tekniker för att undersöka det? undrade Leila.

-Nej, vi måste först se om det är någon inne i husbilen. Det är ju inte helt emot lagen att bryta upp dörrlåset på en husbil om man äger den för att man låst sig ute, fortsatte Jesper och skrattade.

-Tusan, när jag tittar in tycker jag att det är blod på golvmattan, sade Leila med en orolig ton.

-Låt mig se, jag tror vi kan kolla mer utan att gå in och förstöra eventuella fingeravtryck, sade Jesper och tog fram två saker ur sina fickor.

Det ena var sin mobiltelefon och det andra var selfiepinnen till den.

När han fäst mobilen och vinklat den så mycket som han trodde var lagom, tryckte han på play och förde försiktigt in pinnen i husbilen.

-Jäklar, jag försov mig visst, sade Stefan när han kom till firman kvart över åtta. Har du väntat länge? frågade han.

-För att vara exakt, så har jag väntat i tjugo sekunder, så jag kom alldeles nyss. Här är en till som hade svårt att vakna i morse, svarade Ludvig och skrattade.

-Har du hört något från Oskar? frågade Stefan oroligt.

-Nej, inte ett ljud. Jag vaknade så sent själv så jag har inte hunnit kolla var han håller hus. Hans flickvän Lisa har jag numret till, så jag kan ringa henne nu, fortsatte Ludvig medan han plockade fram sin mobiltelefon.

-Vad jobbar Lisa med, har hon inte redan börjat? undrade Stefan.

-Jag tror att hon jobbar i en klädbutik, så hon börjar nog snart, sade Ludvig medan han väntade på att hon skulle svara.

Efter några signaler svarade Lisa. Hon lät orolig och undrade var Oskar höll hus.

-Jag tänkte just fråga detsamma, sade Ludvig.

-Men det var väl ändå du som träffade honom så sent som igår kväll, vart tog han vägen sedan? undrade Lisa irriterat.

-Jo visst, han var med mig då, men vi tappade liksom kontakten efter ett tag. Jag sitter lite knivigt till så jag måste avsluta samtalet, men jag lovar att höra av mig så snart jag vet något, sade Ludvig.

Utan att vänta på vad Lisa skulle säga tryckte han av samtalet, stängde av ljudet och lade ifrån sig telefonen.

-Vi lyfter ut TV-apparaterna så länge, under tiden kanske Oskar dyker upp, sade Stefan förhoppningsfullt. Gör han inte det, får vi i alla fall lite tid att tänka vad vi ska ta oss till för att få kontakt med honom igen, fortsatte han.

-Ja det gör vi. Han borde ju inte ha några större bekymmer med att ta sig hit genom att lifta eller låna en telefon och ringa oss. Det är helt klart det mest troliga att han gör något sådant, svarade Ludvig eftertänksamt.

-Hade jag inte haft en tid att passa uppe i Södertälje, kunde vi åkt ner dit nu. Tycker du jag ska fråga om de kan vänta med att få upp datorerna tills i eftermiddag? undrade Stefan.

-Nej, åk du som det är planerat. Jag känner på mig att Oskar hör av sig snart, svarade Ludvig och försökte att låta lugn.

-Ja okej, jag gör så. Ring så fort du vet något, sade Stefan innan han satte sig i skåpbilen och körde norrut.

Kapitel 8

Försiktigt förde Jesper ut selfiepinnen med sin mobiltelefon på, för att inte stöta emot någonting. När han spelade upp den lilla filmsekvensen på cirka femton sekunder, kände han att han plötsligt behövde göra en fruktansvärt kraftig uppstötning.

-Vad händer, är du sjuk? frågade Leila som undersökt vem som var ägare till husbilen via databasen, samtidigt som Jesper filmade.

-Ring kriminaltekniska och be dem komma hit. Det finns minst två döda människor där inne, sade Jesper som kände att det var på väg mer ut från sin mage.

-Får jag se filmen eller är du säker på vad du sett själv? frågade Leila och gick lite närmare sin kollega.

-Jag är helt säker och jag tänker inte visa den här filmen för dig. Det här är det vidrigaste mord jag sett och det är väldigt onödigt att ge dig mardrömmar framöver, det räcker med att jag får det, sade Jesper bestämt.

Leila tänkte inte argumentera emot sin chef, utan plockade istället fram sin tjänstemobil och ringde efter krimmarna.

I ögonvrån såg hon Jesper tårögd och helt vit i ansiktet. Leila hade aldrig tidigare sett Jesper så här och förstod att det måste se hemskt ut inne i husbilen.

-Jag spärrar av området, gå och sätt dig i polisbilen så länge, sade Leila. På samma gång som det var otäckt, tyckte hon att det var spännande med mord. I framtiden skulle hon gärna jobba som mordutredare, tänkte hon.

Bara drygt hundra meter från husbilen satt Oskar och tog igen sig på en stor sten. Den var egentligen alldeles för kall att sitta på efter nattens ihållande regn, men han var så utmattad att han inte hade något val. Nästan direkt gick vätan igenom jeansen. Först när han reste sig igen, upptäckte han att satt sig på den del av stenen som var klädd med mossa.

Grön och äcklig jävla mossa, hade effektivt blött ner hela röven på honom och han undrade när allt jävulskap skulle ta slut.

Det enda positiva med att han satt sig där han gjorde, var att han då stannade upp och försökte tänka konstruktivt, för nu var det inte läge för fler misstag.

Från platsen han befann sig såg han att en polisbil hade anlänt till husbilen, vilket väl var ganska naturligt, så illa som den var parkerad.

Ett tag tänkte han gå fram till dem och berätta precis som det var, för han hade ju egentligen inte gjort så värst mycket som var fel. Dörren hade ju varit öppen och nycklarna hade ju också funnits där. Sedan när det skulle komma till frågor om varför han kört så illa att han åkt av körbanan, kunde det bli problematiskt. Att han känt någon gaslukt och tuppat av lät väl inte speciellt trovärdigt, tänkte Oskar.

Det som slutligen fick honom att förkasta tanken, var att han bara ett par dygn tidigare släppts ut från fängelset. Någon trovärdig bortförklaring till varför han befann sig vid Nyköpingsbro kom han inte heller på, så han fortsatte att gå vidare därifrån.

Jackan kändes tung som bly, för den var fortfarande rejält blöt. Visst hade han suttit vid ratten i husbilen en del av natten, men det hade inte varit någon värme på så den hade ju inte kunnat torka.

Värst var dock den skärande huvudvärken som inte ville ge sig. Att han dessutom började bli riktigt hungrig gjorde säkert också sitt till.

Plötsligt kom den otäcka åsynen av en död människas stirrande blick upp igen. Huvudet var i det närmaste avskuret från övriga kroppen och allt var fruktansvärt blodigt. Som om inte det var nog, skymtade han en död person till i bakgrunden, likviderad på samma makabra sätt. Så mycket stod helt klart, att det han sett var verkligt och att det hade utspelat sig inomhus, för det såg ut att vara möblerat runt omkring kropparna.

Den mest fasansfulla tanken som han någonsin slagits av, kom som en blixt.

Var det han själv som mördat personerna och i så fall varför? Han visste med sig, att när han testat vissa droger, så hade han ibland blivit aggressiv och slagit ner folk för minsta lilla. Men det här var ju helt sjukt, tänkte han och kände hur han kallsvettades.

Vissa fragment av vad han känt och sett i husbilen hade klarnat i hans hjärna. När han tagit första andetaget bakom ratten, hade han genast känt någon obekant gas som direkt gjort honom omtumlad.Rent krasst borde ju hans händer och kläder vara fyllda med blodspår om han var skyldig till dådet, annars inte, resonerade han och stannade upp för att kontrollera sig och sina kläder.

-Helvete! vad har jag gjort? skrek han förfärat när han fick se att han hade blod på sina underarmar och byxor.

Jesper satt och hulkade i passagerarstolen på polisbilen med dörren öppen. I sin yrkesroll som polis tvingade han sig själv att gång på gång se filmen han tagit inne i husbilen.

När han pausade filmen och förstorade bilderna, kunde han se att offrens ringfingrar var avklippta och att de saknade såväl eventuella halsband som armbandsur.

Den här generationen använde sin vana trogen, ofta klockor på handlederna och förlitade sig inte bara på mobiltelefonerna, tänkte Jesper.

Några minuter senare anlände två kriminaltekniker för att fortsätta undersökningen av brottsplatsen.

-Kan vi utesluta att några fingeravtryck eller DNA-spår här inne är era? frågade den ena som hette Lisbeth.

-Helt uteslutet, vi har inte rört något och förmodligen ingen annan heller, svarade Jesper som så sakteliga började få tillbaka sin ursprungliga ansiktsfärg.

-Bra, jag kontrollerar den uppbrutna förardörren medan du tar hand om förarplatsen, sade Lisbeth till sin kollega Jan.

-Jag börjar med nyckeln och ser vad det finns för spår på den, så kan vi låsa upp dörren till bodelen sedan, sade Jan.

-De här låsen är så klena och simpelt gjorda, att man kan öppna dem med en tesked, ändå har man här använt sig av ett rejält bräckjärn. Med all säkerhet har gärningsmannen först sövt dem med gas som sprutats in i något friskluftsintag, forsatte Lisbeth som flera gånger tidigare varit på liknande brottsplatser.

-På ratten har jag funnit fingeravtryck från två personer, så förhoppningsvis är kanske det här brotttet snart löst.

Det ena är ett av offrens, Stig 68 år och det andra kommer från Oskar Scott. Den senare är nyligen frisläppt från anstalten i Nyköping, sade Jan och log.

Oskar tvingade sig själv att försöka bringa klarhet i sina tankar. Det han först kom fram till, var att kanske någon annan åsamkat skadorna på de två personerna i husbilen. Om han var skyldig till den bestialiska händelsen måste han ju haft ett motiv till det, och han borde rimligtvis komma ihåg mer detaljer om dådet. Det enda motiv han kunde tänka sig som var hållbart, var att komma över värdefulla smycken och andra föremål. Rimligtvis skulle de ju finnas kvar i hans fickor, tänkte Oskar och började systematiskt kontrollera jeansen och jackan.

När han stack ner sin högerhand i sista jackfickan, kände han sig först lugn när han inte hittade något. Det som vände allt till kaos inom honom, var att han till sin fasa upptäckte att det var ett stort hål i fickan.

Om han hade plockat på sig något av värde från husbilen, så hade han troligtvis tappat det när han var på väg därifrån.

-Varför minns jag inte vad jag har gjort? frågade Oskar sig själv. Panikslagen fortsatte han gå norrut ett par hundra meter från E4:an. Han kunde inte se trafiken, men vägljudet letade sig in bland träden där han befann sig.

-Jag har lastat av datorerna i Södertälje nu och är på väg tillbaka. Har du hört något från Oskar? undrade Stefan när han ringde.

-Nej, inte ett ljud. När du kommer får vi kanske åka ner till Nyköpingsbro och se efter vad som kan ha hänt, svarade Ludvig.

-Ja, vi får göra så och passa på och ta hem Saaben. Jag borde vara nere till klockan tolv. Kan vi sticka direkt då tror du?

-Det går fint, jag kan brygga på en termos kaffe och sticka och köpa en påse bullar så kan vi ta det på vägen, svarade Ludvig.

-Perfekt, du vet hur jag tänker. Det är inte läge att sitta som på nålar på någon lunchrestaurang och vara orolig, istället för att få klarhet i vad som kan ha hänt. Jag ringer när jag har fem minuter kvar, sade Stefan och avslutade samtalet.

Ludvig tittade på sin mobiltelefon vad klockan var, och såg att han lika gärna kunde sticka ut och handla direkt. Det fanns visserligen en hel del i verkstaden att göra, men förhoppningsvis kunde det hinnas med när de kom tillbaka. Direkt efter lunch skulle egentligen leverans av en ny TV äga rum, men Ludvig ringde och sade att det kommit ett brådskande ärende emellan, vilket tydligen inte gjorde så mycket. Fick de bara apparaten innan kvällen så var det lugnt. Det kunde till och med vara bättre om det dröjde lite, för då kanske de hann hem från jobbet själva och kunde få en snabb instruktion hur den fungerade. Från början var det sagt att Stefan och han skulle ta en nyckel under en blomkruka för att gå in själva, men det slapp de kanske nu.

När Ludvig laddat kaffebryggaren och satt på den, låste han dörren och gick mot snabbköpet några hundra meter därifrån.

Regnet som kommit under natten verkade ha gjort underverk med växtligheten. Det hade förvisso inte blivit löv på så många träd ännu, det var ju ändå bara den nittonde april. Men planteringarna som kommunen skötte om, såg ut att trivas och nytt gräs växte upp på alla grönområden.

Luvig njöt av den här tiden på året och drog djupa andetag för att verkligen känna alla dofter.

Han fick ett infall att ringa Ebba och prata lite med henne. Eftersom hon var på högskolan anade han att hon mycket väl kunde vara ledig så här mitt på dagen, men han visste inte.

Efter bara någon signal hörde Ludvig att samtalet kopplades bort. Någon minut senare kom ett textmeddelande där Ebba skrev att hon var på väg till en föreläsning som började snart. Hon undrade om det var något viktigt eller om hon kunde ringa senare.

Till svar skrev Ludvig att han bara blivit så sugen på att prata med henne och att han väntade på att det skulle bli helg snart, så de kunde träffas. Precis när han tänkte avsluta meddelandet kom han på en sak till och skrev med det. I sista stund hade han kommit på att fråga om hon händelsevis hört av Oskar sedan igår kväll.

Det hade hon inte, men hon lovade att höra av sig om han kontaktade henne.

Tyvärr var bullpåsarna slut, så Ludvig köpte en stor butterkaka som såg god ut.

Det första Ludvig gjorde när han kom tillbaka till firman igen, var att lyssna av telefonsvararen för att höra om Oskar hört av sig. Dessvärre hade han inte det. Ludvig hällde upp det nybryggda kaffet i en termos och lade ner den i en tygkasse tillsammans med ett par muggar och den nyinköpta butterkakan. Egentligen borde man väl lägga med en kniv att dela den med, men det går väl lika bra att bryta den med nävarna, tänkte Ludvig och log. Bara några minuter efter, plingade det till i telefonen och Stefan berättade att han var på ingång.

Lite senare rullade skåpbilen vidare mot Nyköpingsbro på E 4:an, och nu med Ludvig som passagerare. Butterkakan och kaffet smakade förträffligt och för en liten stund glömde de bort allvaret i situationen. När de svängde in på avfartsträckan såg de dock något som var märkligt, men som förmodligen inte berörde dem. Det var en husbil som stod vid sidan av påfartsträckan mot Nyköpingshållet och där det nu verkade vara fullt pådrag med poliser.

-Tror du Oskar är inblandad i den där händelsen? frågade Stefan.

-Knappast troligt. Men det är klart, blev han trött på att stå ute i regnet i går kväll kanske han försökte ta sig härifrån med husbilen. Jag kan dock inte komma på något skäl till varför han skulle hamna i diket med den. Så för att svara på din fråga måste det där röra sig om något annat, svarade Ludvig eftertänksamt.

-Saaben står kvar där jag ställde den igår. Då vet vi det i alla fall, sade Stefan.

-Ja, vill du köra hem den så tar jag skåpbilen? undrade Ludvig.

-Ja det kan jag göra, sade Stefan medan han drog åt parkeringsbromsen och tog av sig bältet.

-Får väl kolla så inte Oskar lämnat något meddelande på bilen någonstans. Det är ju möjligt att han skrivit en lapp där han berättar vad han tänkte göra, sade Ludvig.

-Jag kontrollerar det. Tar du en genomsökning av platsen här under tiden då? Han kanske sitter i någon restaurang och smäller i sig något gott, sade Stefan och garvade.

-Det är ju fullt möjligt. Jag kollar det, sade Ludvig och gick mot ingången.

Stefan gick ett varv runt sin bil men såg inget anmärkningsvärt. När han låste upp Saaben med reservnyckeln och öppnade förardörren, kände han värmen som kom ut från bilen, vilket gjorde att den gärna kunde stå och vädra ett tag.

För att få tiden att gå och samtidigt göra något nyttigt, tog han fram sin mobiltelefon och loggade in på Södermanlands nyheter, för att se om det eventuellt stod något om husbilen vid Nyköpingsbro.

Någon minut senare kom Ludvig tillbaka efter en resultatlös sökning av Oskar bland restaurangerna. Först kunde han inte se vart Stefan tagit vägen, men när han kom lite närmare Saaben skymtade han honom. Stefan satt på asfalten vid den öppna förardörren och såg helt förstörd ut.

-Läs det här, sade han gråtfärdigt och sträckte fram sin mobiltelefon till Ludvig.

Kapitel 9

Oskar ångrade att han inte i smyg tagit med sig sin mobiltelefon. Med den kunde han lokaliserat var han befann sig, ringt Ludvig eller sett närmaste ställe dit han kunde beställt en taxi. Att gå tillbaka mot husbilen kändes inte lockande, för möjligheten fanns ju att de hittat fingeravtryck på ratten som med en gång skulle peka ut honom, i och med att han fanns i polisens straffregister.

Lite framför sig såg han att skogen glesnade och på långt håll såg han en gård. Förmodligen hade han kommit längre från motorvägen nu, för han kunde inte höra trafiken.

-Jag måste ta mig till kåken därframme och se om jag kan få tag på något att äta och dricka, sade han för sig själv. Det här med att prata för sig själv hade vakterna hört på anstalten att han gjorde, men tyckt var helt okej. Någon av dem hade tydligen läst att det var nyttigt för hjärnan och kroppen att höra sin egen röst ibland, även om man inte hade någon att prata med.

-En dusch och rena kläder skulle det också vara läge för, fortsatte han att säga till sig själv medan han hoppade över ett dike. Egentligen var han så törstig att han var beredd att försöka få i sig lite vatten från det, oavsett om han blev magsjuk eller inte. Ett tag till kunde han dock stå emot frestelsen, men fick han inte tag på något att dricka framme vid huset, skulle han minsann gå tillbaka och lägga sig ner och sörpla i sig så mycket han kunde.

Just nu brydde han sig inte om ifall någon såg honom, när han närmade sig gården med åtminstone fyra byggnader.

Hans tanke var först och främst att ringa på och fråga om han kunde få något att äta och dricka. En del människor, kanske särskilt så här en bit utanför stan, var nog ganska givmilda, hade han fått för sig i alla fall.

Någon möjlighet att betala för sig hade han inte. Den enda möjlighet som funnits, att swisha, sket ju sig återigen för att mobiltelefonen låg kvar i Nyköping.

Eventuellt får jag väl betala en slant till dem senare om de vill ha det, tänkte Oskar som nu var framme på gårdsplanen, fortfarande utan att ha sett en levande varelse.

Efter att ha knackat på några gånger och ingen hade öppnat, såg han bara ett rimligt alternativ.

I det närmaste uthuset hittade han något som skulle lösa hans mest akuta problem, att komma in i huset och få i sig något att äta. Järnspettet var av en mindre modell, men fortfarande fullt tillräckligt för att bända upp dörren med.

En välriktad stöt mellan dörr och karm och sedan föra spettet i sidled, var allt som behövdes för att dörren skulle öppna sig.

Oskar stod kvar några sekunder och lyssnade så att det inte fanns någon folkilsken hund som vaktade huset, men allt verkade lugnt.

Förmodligen var den eller de som bodde där på sina arbetsplatser, tänkte Oskar och gick in i köket.

På väggen satt en klocka som visade på halvtre, vilket med lite tur kunde innebära att det dröjde en stund än innan de kom hem. Slutade de arbeta vid fyra och hade kanske en halvtimme för att köra hit, fanns det möjlighet för honom att först plocka på sig vad han behövde, men också hinna en bit därifrån.

Nervöst tog han det mesta han kunde ur kylskåpet. Det han inte fick plats med i sina fickor, lade han i en plaskasse som han fann i skåpet under diskbänken.

Först hittade han inget att ta med vatten i, men efter lite letande såg han vad han sökte, en tom femlitersdunk. En nytvättad flanellskjorta från torkställningen i trädgården, var det sista Oskar fick med sig innan han lämnade gården.

Målet var nu i första hand att hitta ett ställe där han kunde få äta och dricka ifred, samtidigt som han kunde planera vad han skulle göra härnäst.

Knappt en kilometer norrut såg han att fälten avlöstes av ett skogsparti.

Tar jag mig dit utan att någon ser mig är det bra, tänkte Oskar och gick så fort han kunde.

En halvtimme senare var han framme i skogsdungen och kunde därmed äntligen sätta sig ner på en stubbe och börja äta. Som tur var så hade kylskåpet varit fyllt med köttpålägg, vilket Oskar gillade. Även en skål med korv stroganoff och ris hade han fått med sig. Det hade säkert smakat ännu bättre om det blivit uppvärmt, men det var helt okej att äta kallt också.

Efter att han ätit sig riktigt mätt, kände han att huvudvärken avtog och han tyckte att han kunde tänka lite mer klart.

Nästa steg var att försöka hitta någon lämplig sovplats för natten. Planen sedan var att på något sätt försöka ta sig hem till Nyköping. Med lite tur hade de inte hittat några fingeravtryck som var hans i husbilen. I och med att han inte blivit påkommen när han länsade kylskåpet, så borde han gå fri från det brottet med, tänkte han. Hade det varit någon hemma där han nyligen gjort inbrott, kunde allt mycket väl tagit en annan vändning. Då hade jag fått be dem skjutsa hem mig, eller lånat en telefon och ringt Ludvig, så han hade fått hämta mig och då hade allt varit ur världen. Men nu var ju förutsättningarna lite annorlunda, insåg han.

 Samma blodiga huvuden som nästan var bortkapade från sin kroppar, återkom ideligen i hans tankar utan att han visste varför.

Oskar reste sig upp och började gå samtidigt som han spekulerade vidare.

Till sin lättnad fick han se en jaktkoja som borde gå att övernatta i. Väggarna var hyggligt isolerade. Det behövdes bara ett rejält lager med granris på golvet, så skulle det bli perfekt. Tack vare att det fanns möjlighet att tända en liten kamin inne i den, gick det snart att få varmt och skönt där. Oskar hängde sina blöta kläder på tork och tog på sig flanellskjortan som luktade friskt av sköljmedlet som använts.

Proppmätt, torr och nöjd med sitt natthärbärge somnade han nästan så fort han lade sig ner.

Långt borta hörde han hur det sprakade i kaminen och tänkte, att om han vaknade någon gång under natten, så var det nog läge att tända en brasa till.

-Tusan, ända sedan jag satte mig här i polisbilen för att återhämta mig lite, så har jag hört ett jäkla klickande från buskaget där borta, sade Jesper irriterat och pekade.

-Jag går och ser efter vad det är, svarade Leila och stegade iväg. Själv hade hon inte reflekterat över ljudet tidigare, men när hon kom närmare så rådde det ingen tvekan om att det var något som lät från det hållet.

-Dra din pistol och var beredd att skjuta, ropade Jesper allvarligt.

-Ja, det är en god idè, svarade Leila och gjorde som han ropat. Ibland skämdes hon för att hon var så himla godtrogen i alla lägen och trodde att allt var ofarligt. Jesper hade ju fullständigt rätt, det kunde ju mycket väl vara en beväpnad gärningsman som låg och tryckte i buskarna. Om han så bara hade en kniv och inget skjutvapen på sig, så räckte ju det. Om inte hon var beredd med osäkrad pistol, skulle hon lätt kunna bli nästa offer, tänkte Leila.

Plötsligt fick hon se konturerna av en man som låg på backen inne bland buskarna och höll i något svart föremål framför sitt ansikte.

-Polisen, lägg ner vapnet! vrålade Leila högt.

-Det är bara jag, Petter Sand, svarade en röst som lät nervös.

-Jag skiter i om du är Putins halvsyster, lägg ner vapnet annars skjuter jag! skrek Leila samtidigt som hon kände att det endast var ett par millimeter kvar att trycka in på avtryckaren, innan ett skott avlossades.

-Skjut inte, jag jobbar på en lokaltidning och det enda jag har i händerna är min kamera, ropade Petter tillbaka med gråten i halsen och kröp fram.

-Hur länge har du legat här? frågade Leila med vapnet fortfarande riktat mot honom.

-Hela morgonen, jag och en kollega fick se husbilen som parkerat så lustigt när vi av en tillfällighet passerade, så vi stannade och tänkte göra ett reportage om det. Sedan kom ni och då förstod vi att det var något intressant på gång. Vi har redan lagt upp bilder och litet information på vår nättidning för det är vad folk vill ha, svarade Petter och log.

-Jaså ni tycker att det är lustigt och intressant. Jag kan upplysa er om att husbilen är en brottsplats och att ni riskerar att störa vår utredning, svarade Leila med skärpa i rösten.

-Vi vet våra rättigheter. Och kom inte och påstå att vi stör er, jag är ju över femtio meter från husbilen och befinner mig utanför avspärrningarna.

Utan ett ord gick Leila tillbaka för att hämta mer blåvita band och utöka avspärrningsområdet. Det här var första gången hon behövt rikta sitt vapen mot någon och hon kände hur hårt hennes hjärta slog.

Några minuter senare var Leila tillbaka hos Petter och bad att få se hans legitimation.

-Det är möjligt att ni kallas till förhör av oss. Har ni sett någon uppehålla sig vid husbilen innan vi kom? frågade hon.

-Nej, jag har inte sett någon så jag vill inte förhöras, svarade Petter som visade tydliga tecken på att han var nervös.

-Det är vi som bestämmer om du skall det, och flytta på dig nu, du ser väl att avspärrningsområdet är utökat.

Och en sak till, bli inte förvånad om du får en bot att betala, sade Leila sturskt.

-Ha, för vad då? frågade Petter.

-För urinering i det fria, det syns ju lång väg att ni har kissat. De flesta jag känner brukar visserligen dra ner sina byxor först, men ni kanske är lite tankspridd, fortsatte hon ironiskt.

-Det kanske blir jag som anmäler dig, för jag tycker att du kränker och förlöjligar mig. Det är faktiskt första gången någon riktar ett skarpladdat vapen mot mig och det finns nog fler än jag som kissar på sig i sådana lägen, sade Petter medan tårarna rann utefter kinderna på honom.

-Se till att lämna platsen nu, sade Leila som började bli trött på personen från lokaltidningen.

-Ni kan räkna med att jag kommer att skriva om det här i tidningen, svarade Petter och gick iväg med sin kamera.

Leila hade gärna svarat, men fann det bäst i att låta bli. Förmodligen skulle hon och kåren få lida för den här händelsen en lång tid framöver ändå.

Istället gick hon tillbaka till Jesper och berättade vad det var som hade klickat i buskaget.

-Jaha, har vi haft en murvel som spanat på oss. Då kan vi räkna med att han hört vad vi har sagt här också, för massmedia har sådan utrustning så de på långt håll kan höra vad som sägs. Det skulle inte förvåna mig om det kommer upp en drönare och filmar platsen snart med, svarade Jesper irriterat.

-Petter Sand som han hette, sade att han redan lagt ut material på nättidningen, skall vi kontrollera vad de har skrivit? undrade Leila.

-Ja, det kan ju alltid vara bra att veta om det är något vi kan förväntas få kritik från allmänheten för, svarade Jesper och suckade medan han gick ut på nätet för att se.

Där fanns förutom stillbilder tagna från buskaget på husbilen, kriminalteknikerna och dem själva också en film där man tydligt hörde vem som lämnat fingeravtryck efter sig på brottsplatsen.

Det var Jan som talade om för Lisbeth att en viss Oskar Scott som nyss blivit frisläppt från anstalten i Nyköping, hade befunnit sig där.

-Det där är nog bara början tyvärr, vi kom på kant direkt när jag hittade honom och det lär vi nog få sota för, sade Leila och såg moloken ut.

Jesper bara nickade till svar och gick bort till teknikerna för att visa vad som redan fanns att se för allmänheten på nätet.

-Det var väl inte helt lysande, men det är förmodligen sant att vi har namnet på förövaren. Jag tyckte redan när vi kom hit att ni borde haft ett större avspärrningsområde, sade Jan för att skylla ifrån sig.

-Skadan är redan skedd och det här är något vi får ta lärdom av allihop, så vi inte gör om samma misstag fler gånger, svarade Jesper. Han hade själv sett från början att det fanns fel begångna angående avspärrningen.

På grund av att han själv mått så dåligt av att se de massakrerade kropparna, så hade han inte orkat påpeka det.

-Jag tyckte det var onödigt av dig Jan att basunera ut så högt att du hittat fingeravtryck som matchade en nyligen frisläppt. Det var ju precis det här de varnade oss för att det kunde ske på senaste fortutbildningen vi hade för fjorton dagar sedan, sade Lisbeth och blängde.

-Ja men, svarade Jan.

Plötsligt insåg han att huvudansvaret för att ett namn läckt ut, var hans och ingen annans.

-Som sagt, skadan är redan skedd så nu fortsätter vi arbeta, sade Jesper för att bryta den pinsamma tystnaden och bli färdiga så fort som möjligt.

-Om vi nu har en trolig gärningsman, är det väl bäst att vi efterlyser honom, eller hur? undrade Leila.

-Precis, jag gör det och ber att få ett färskt fotografi hitskickat på honom. När vi har fått hit det kontrollerar vi med all personal här om han har iakttagits, samt samlar ihop samtliga övervakningsfilmer som är tagna sedan igår kväll, sade Jesper.

-Ja det är klart, så gör vi. Tror du vi är klara här till middag, eller ska vi kalla hit avlösning? undrade Leila som kände att hon började bli hungrig.

-Jag ska prata med Jan och Lisbeth om hur mycket tid till de behöver, men jag tror att de helst vill ha in husbilen till stationen och fortsätta undersökningen där. Jag kallade förresten hit en hundpatrull när du satte upp avspärrningen, så de bör vara här vilken minut som helst, svarade Jesper.

-Okej, då passar jag på att köpa med lite fika när jag ändå plockar med övervakningsfilmerna. Det blev ju inget förmiddagsfika idag, sade Leila.

-Gör gärna det. Min frukost har jag portionerat ut på gräsmattan här, så min mage suger också, svarade Jesper och flinade.

Ludvig satte sig ner på asfalten bredvid Stefan när han tittat två gånger på filmen som var utlagd på nyhetssidan. Klart och tydligt hade även han hört att två människor hittats i husbilen.

Det värsta av allt var dock att den ena kriminalteknikern hördes säga, att han funnit fingeravtryck på ratten som matchade med den nyligen frigivne Oskar Scott.

Det sas inte rent ut att han var gärningsmannen de trodde var skyldig, men underförstått var det så de menade.

-Just en bra polare du fick som hjälpte oss med bevakningen när vi lastade av lastbilen. Tror du han läcker om min lilla affär med, när de griper honom? frågade Stefan.

-Jag har väldigt svårt att tänka mig att Oskar skulle vara inblandad i mord. I så fall har det hänt något extremt med honom. Jag känner honom väl, men något sådant här har han aldrig varit i närheten av att göra, svarade Ludvig och kände hur han höll på att få huvudvärk.

-Vi får i vart fall börja bege oss mot Nyköping, här verkar ju inte Oskar vara kvar, sade Stefan uppgivet.

-Nej det är han nog inte. Och skulle han ha tagit sig hemåt själv redan, så vore det ju lika bra att han gick till polisstationen direkt, eftersom de redan vet att han är inblandad, svarade Ludvig och reste sig upp.

-Jag tar Saaben då, sade Stefan och satte sig i bilen.

-Visst, vi får snacka mer när vi kommer tillbaka till firman. Vem vet, Oskar kanske väntar på oss där, svarade Ludvig.

En stund senare kom Leila tillbaka med varsin rejäl baguette och ett par muggar kaffe.

-Varsågod, sade hon till Jesper och ställde ner det hon haft med sig på en skapligt stor sten.

-Tack! Medan du var inne så kom hundpatrullen och det verkar som om jycken redan fått upp ett spår som leder in mot skogen, sade Jesper.

-Vad bra. Hoppas de hittar honom, svarade Leila och började äta.

Precis när de ätit färdigt kom hundföraren med spårhunden Chapman tillbaka.

-Han spårade upp till en mossbeklädd sten som det ser ut som om gärningsmannen har suttit på. Sedan försvinner alla spår, troligtvis för att det var blött i terrängen imorse och nu har allt dunstat bort, sade hundföraren uppgivet.

-Jaha, det var värt ett försök i alla fall, och gärningsmannen är ju efterlyst så vi hittar honom säkert snart ändå. Vi kan lika gärna bege oss hem till kontoret och skriva en rapport, sade Jesper medan han tog den sista klunken kaffe som var kvar i muggen.

-Så gör vi, skall jag låta avspärrningen vara kvar? undrade Leila.

-Nej, vi plockar ner den. Bärgningsbilen skall vara här vilken minut som helst för att hämta husbilen och sedan finns det inget kvar här som motiverar den, svarade Jesper.

Leila tyckte det var skönt att få sätta sig i polisbilen efter att de tagit ner avspärrningsbanden. Visst tyckte hon generellt om att vara ute mycket i jobbet och röra på sig, men fick hon inte sätta sig ner ibland blev hon trött i ryggen. Under hela skoltiden hade hon hållit på med dans och tränat flitigt. Så här i efterhand insåg hon att hon kanske hade satsat lite för hårt. Mycket berodde det på en sträng lärare som inte tolererade några halvhjärtade insatser. Förmodligen hade hon honom att tacka för att hon dragit på sig en massa skador som hon hade men av än idag.

-Vad vet du om Oskar Scott? Han är väl några år yngre än dig eller hur, undrade Jesper.

-Han var bästa kompis med min sex år yngre bror, Ludvig. I skolan vet jag att de ofta kallade honom för "Scotten". Visst höll de väl på att strula en del när de växte upp, men jag tror inte de var värre än många andra. Hur det är idag vet jag inte, de kanske är vänner än. Ludvig och jag har inte haft så mycket kontakt under tiden jag varit Stockholm, svarade Leila.

-Tror du Scotten är kapabel att göra något så här grovt, eller är det någon annan? frågade Jesper.

-Jag har ju inte varit inom yrket alls lika länge som du, men visst har jag ibland fått se människor göra de mest vidriga saker man kan tänka sig, särskilt om de fått i sig droger av något slag, svarade Leila.

-Jo så är det. Nu vet vi inte än om gärningsmannen gick på något, det enda vi känner till är att det sprutats in någon gas som gjort offren avtrubbade. Det har tydligen varit tumult och handgemäng enligt kriminaltekniker Lisbeth, fortsatte Jesper.

-Oskar "Scotten" Scott var ganska muskulös som jag minns honom. Är det han, så förstår jag att han var den som överlevde, sade Leila.

Kapitel 10

Runt klockan tre var dokumentationen för dagen klar
och det var hög tid att bege sig från arbetsplatsen.
-Det blev visst övertid idag också, sade Jesper uppgivet.
-Ja, som vanligt. Och inte lär det gå att få ut det i
kompensationsledighet, svarade Leila uppgivet.
-Leila, det sitter en person i väntrummet som vill prata
med dig. Jag vet att du har slutat för länge sedan, men
han har varit här sedan klockan ett och verkar väldigt
angelägen om att få träffa dig. Jag vet inte om det är
privat eller något inom tjänsten, sade Stina som satt i
receptionen.
-Okej, jag får väl kolla vad det är för en gök, sade Leila
suckande till Jesper som redan var på väg ut till sin
cykel.
-Vem vet, det kanske är din blivande man, sade Jesper
och skrattade grovt innan han trampade iväg.
Leila insåg att det var för sent att ge Jesper en från
kommentar tillbaka, eftersom han redan var för långt
bort för att höra henne.
Direkt när Leila kom in i väntrummet tvärstannade hon,
när hon fick se vem som väntade på henne.
-Är det du, vad vill du mig? frågade Leila med bestämd
röst.
-Ja det är jag. När vi åkte från Nyköpingsbro tänkte jag
på att allt blev så fel när vi träffades. Snälla du, låt mig få
bjuda dig på middag eller något liknande som
kompensation, sade Petter Sand och reste sig upp.

-Är det här ett skämt eller är du ute efter fler snaskiga nyheter? frågade Leila med rynkor i pannan och tappad haka.

-Nej inte alls! Jag har alltid beundrat dig ända sedan skoltiden. Du har förmodligen inte lagt märke till mig för att jag är två år yngre än dig. Jag har med blommor till dig för att du ska förstå att jag menar allvar, sade Petter förläget och tittade ner medan han sträckte fram en bukett rosor.

När Leila tog emot de vackra blommorna blev hon först helt mållös. Aldrig någonsin hade hon förväntat sig det här. Innerst inne kände hon sig dock fortfarande osäker på om det som hände verkligen var äkta.

-Bara så du vet, att hade jag inte fått blommorna av dig, så hade jag aldrig tackat ja till ditt erbjudande. Ska vi säga klockan sju ikväll på kinarestaurangen, den som ligger på gågatan?

-Ja visst, gärna! Jag hoppades att du skulle säga ja, men jag var osäker på om du ville, sade Petter förtjust.

-Och en sak till! Ett ord om den här utredningen eller någon annan med för den delen, så går jag med en gång, sade Leila och spände ögonen i Petter.

-Det är lugnt, jag förstår vad du menar. Om du visste vad jag ser fram emot det här, sade Petter och tog ett steg närmare Leila.

Är det okej om jag ger dig en kram? frågade Petter.

-Det tycker jag nog att vi ska vänta lite med, det finns faktiskt kameror här med, ser du. Nu måste jag hem och sätta rosorna i vatten. Vi ses sedan, sade Leila och gick ut till sin cykel.

Efter ett par timmar vaknade Oskar till av att det behövde läggas in mer i kaminen. Det var inte direkt kallt i jaktkojan, men på grund av att den stått ouppvärmd när han kom dit, så var det läge för en ny brasa.

När han tittade ut i ett av fönstren, såg han att det höll på att skymma. Antagligen hade han varit så trött under sen eftermiddagen, att han trott att klockan var mer.

Det fanns fortfarande mat kvar i kassen han tagit med sig från huset, och det smakade bra nu.

I morgon när det ljusnar skall jag på något sätt försöka ta mig hem, tänkte Oskar innan han lade sig ner igen.

Tankarna på Lisa återkom hela tiden, och han förstod om hon var orolig av att han inte hörde av sig. Om hon skulle förlåta honom för det senaste han varit inblandad i, var ytterst osäkert.

Möjligen om det stannade vid att han bara hjälpt Ludvig med lite bevakning, som han dessutom skulle få grymt mycket betalt för.

Men kom det fram till Lisa att han stulit en husbil, som han till på köpet hade kört sönder mot en stor sten, var det helt klart värre.

Om det sedan var så illa att han var inblandad i det fasansfulla dådet med de i stort sett avhuggna huvudena, hade han för länge sedan passerat gränsen för att hon någonsin skulle kunna förlåta honom.

Hur mycket han än försökte, klarnade inte bilden av varför de dök upp i hans hjärna gång på gång.

Sömnen under natten blev orolig. Han vaknade flera gånger och grubblade, men fann inga svar.

Leila var ingen klädsnobb som var tvungen att ha speciella märkeskläder på sig till vardags. När hon kom från jobbet tog hon helst på sig ett par mjukisbyxor och ett linne.

Skulle hon ut och springa, vilket hon försökte göra några kvällar i veckan, så kom de på först efteråt.

Den här kvällen var ett undantag från hennes inrutade mönster och hon for runt som en yr höna bland sina kläder, som hon dragit fram ur garderoberna.

Någon erfarenhet av speciellt många dejter hade Leila inte heller att falla tillbaka på, men efter en lång stunds velande bestämde hon sig till slut.

Det fick bli hennes älsklingsjeans, en vit blus, samt en svart skinnjacka.

I hallen tog hon sedan på sig ett par boots med lite raggarstuk som hon köpt ett år tidigare. När hon såg sig i spegeln suckade hon till, håret såg platt och intetsägande ut. Att hon i arbetet alltid bar polismössa förvärrade säkert det hela, men när den var på så blev det inte lika uppenbart.

I byrålådan rotade hon snabbt fram ett diadem som hon puffade upp det lite med, så att det inte såg lika platt ut som en landningsbana.

-Att det ska vara så jäkla svårt att komma iväg i tid är ju märkligt, sade Leila för sig själv när hon stängde lägenhetsdörren och rusade ner för trappan.

Efter att ha gått i rask takt, var hon ändå framme vid kinarestaurangen precis till klockan nitton och kunde andas ut.

Där stod redan Petter, och hon kunde inte annat än att skratta till åt hans klädsel.

Otroligt nog så hade han ungefär samma typ av kläder och boots som hon själv hade valt. Istället för en blus bar han lämpligt nog en vit kortärmad skjorta, annars var det kusligt lika kläder de hade på sig.

-Du har inget diadem på dig, annars är vi lika, sade Leila och skrattade.

-Jaha, ojdå det tänkte jag inte på när du kom, att vi var så likadant klädda. Något diadem lär du inte få på mig i första taget, svarade Petter och log.

När de kommit in och satt sig, beställde de varsin öl. Det var bara två par till inne i restaurangen än så länge, men förmodligen skulle det bli fler snart. Det visste Leila som under sina sena arbetspass ofta passerade restaurangen och då sett att det brukade vara fullsatt framåt kvällen.

Upplägget på stället de valt, innebar att gästerna fick plocka på de råvaror de ville ha på en tallrik, för att sedan lämna fram den till en kock som tillagade maten på ett stekbord. Under tiden hann man gå och ta för sig lite sallad och bröd om man så önskade.

-Vad glad jag är för att du tackade ja till att gå ut med mig. Jag har länge funderat på hur jag ska fråga dig men inte riktigt vågat, sade Petter.

-Det var kul att du gjorde, med tanke på hur vi möttes förut idag är det ju ganska osannolikt att vi skulle hamna här tillsammans ikväll, svarade Leila och tittade ner lite förläget.

-Jag vet att din bror heter Ludvig och är drygt tjugo år, men ni är inte helsyskon, eller hur? sade Petter undrande.

-Nej, jag kom från Korea när jag var två år. Ludvigs

biologiska föräldrar trodde inte de kunde få några barn, så de adopterade mig. Sedan gick det några år och så kom Ludvig till världen, svarade Leila.

-Du är så snygg att jag knappt kan sluta se på dig, sade Ludvig.

-Det måste du ett tag nu i varje fall, för kocken vinkar att vår mat är tillredd, sade Leila och reste sig för att hämta sin tallrik.

När hon fick se hur mycket mat det låg på tallriken ångrade hon sig. Innerst inne var hon osäker på om hon skulle orka äta upp allt, men hon tänkte i vart fall försöka.

-Jag beställer väl in varsin öl till, tycker du inte det? frågade Petter när de kom tillbaka till sitt bord med sina rågade tallrikar.

-Jag tar hellre vatten den här gången, jag har ju ett jobb att sköta imorgon, svarade Leila.

Det var egentligen inte hela sanningen, alkoholen hade säkert gått ur kroppen redan runt midnatt. Grejen var istället att om hon drack mer öl, kunde lätt hennes mage få spelet, vilket inte kändes speciellt lockande, tänkte hon men sade inget.

-Då tar jag vatten med, jag blir så lätt uppsvälld i magen om jag hinkar i mig en massa öl och det kan ju bli pinsamt värre, sade Petter och skrattade.

-Jaså, gör du det? ja det kanske det kan bli, sade Leila och log.

-Jag har ju lovat att inte fråga något om några pågående fall och det tänker jag inte göra heller. Men du har inte jobbat i Nyköping som polis så värst länge, eller har du det? frågade Petter.

-Nej, jag arbetade i Stockholm ett par år efter polishögskolan.

Fördelen där var att ingen kände igen mig, men på samma gång var det svårt att få några riktiga vänner när jag bodde där.

Själv då, har du jobbat på lokaltidningen sedan du blev färdig med studierna? frågade Leila.

-Ja, det har jag. Det är svårt att få en heltidstjänst inom det här yrket, men jag har haft tur och lyckats. Mycket faktiskt tack vare att jag har en så färsk utbildning i bagaget. De som har jobbat länge i branschen kan för lite om den nya tekniken man måste kunna arbeta med idag.

Mirakulöst nog var tallrikarna tomma drygt en timme senare. Utan att be om det, kom en kypare in med en friterad banan, gammaldags vaniljglass och en kopp rykande hett kaffe.

-Oj, var ska man få plats med det här? undrade Leila oroligt.

-Vet inte, men sitter vi här tillräckligt länge kanske vi blir hungriga igen, svarade Petter och pustade.

Proppmätta av efterrätten kände de som om att de inte behövde äta mer på flera dagar.

-Leila, ska vi ta en springnota? Du som är polis, vet du vad det är för straff för det om vi grips? frågade Petter och skrattade.

-Jag hoppas du skämtar, har du inga pengar med dig? undrade Leila upprört.

-Lugn, jag bara skojar, sade Petter och tog fram ett kort.

 -Tur för dig det, annars vet jag inte vad jag hade gjort. Kanske tagit med dig till polisstationen och låst in dig, sade Leila lite förargat när de kommit ut på från restaurangen.

-Jag vill inte verka påflugen, men vill du så får du gärna följa med mig hem på en kopp te, sade Petter.

-Tack, men det får vi ta en annan gång för nu behöver jag gå hem och plocka iordning lite inför morgondagen.

-Jag förstår, hoppas du vill att vi ska träffas fler gånger.

-Det kanske vi kan, svarade Leila generat.

-Kan man kanske få be om en kram nu då tror du, eller är vi övervakade av kameror här med? undrade Petter och tog ett steg närmare Leila.

-Det ska väl gå för sig, här är det inte några av mina kollegor som ser oss, sade Leila och kramade om Petter som gav henne en puss på kinden med.

Plötsligt kände Leila en rejäl klapp på axeln och hörde en bekant röst.

-Hej, är det du som står här och gör en kroppsvisitation? Var vänlig att lämna en fullständig redogörelse imorgon på förmiddagsfikat, sade hennes chef Jesper och garvade grovt.

-Är det du, var kom du ifrån? undrade Leila med skamsen blick.

-En lagens väktare är som du vet alltid i tjänst. På lite håll såg det faktiskt ut som om ni höll på att äta upp varandra, fortsatte Jesper kiknande av skratt.

-Jag har läget under kontroll så vi syns imorgon, sade Leila.

-Visst, hejdå, sade Jesper och försvann.

-Jag lovar att höra av mig. Det var trevligt ikväll, sade Leila och gav Petter en kyss innan de skildes åt.

Kapitel 11

Att sömnen varit orolig under natten tyckte inte Oskar var det värsta. Det han saknade mest nu, var en lång, varm dusch och att sedan få ta på sig rena kläder. Förhoppningsvis skulle det ske innan dagen var slut tänkte han. Sakta reste han sig från golvet, som han dagen innan täckt med granris.

Sängen på anstalten hade varit hård, men inte i närheten av vad han legat på den här natten.

Han hade sparat lite fikabröd till morgonen och en halvliter juice, som fick duga som frukost. Först tänkte han tagit den knappt halvfulla dunken med vatten och tvättat sig lite, men ångrade sig.

Hittade han inte något ställe snart där han kunde få dricka något, så vore det ju dumt att slösa bort det vatten han hade.

På ett ungefär visste han åt vilket håll han skulle gå för att komma norrut. Han bestämde sig för att söka sig till första bästa bebodda hus och därifrån ringa Ludvig och be honom hämta honom.

Med sig från jaktkojan tog han bara vattendunken och sin egna skjorta som hängt på tork under natten. Även den tjocka jackan hade till hans glädje torkat och var riktigt skön att ta på sig igen. Det dröjde över en timme innan han såg ett hus.

Det borde vara någon hemma där, tänkte han när han såg att det rök ur skorstenen. Tidigare hade han gjort allt för att hålla sig gömd och inte bli upptäckt av någon, men det var inget han brydde sig om längre. I början var han orolig för att polisen skulle sätta hans närvaro vid Nyköpingsbro i samband med stölden av TV-apparater och datorer, men nu hade han ju kommit en bit därifrån. Det var ganska troligt att han lämnat fingeravtryck i husbilen som bevisade att han kört den. Om så inte var fallet, var det definitivt inget han tänkte tala om själv. Blev det något skadestånd som skulle betalas om de hittade spår efter honom, fick han väl ta det då. Några försäkringar som täckte en sådan här grej kunde han knappast tänka sig att det fanns, men det var något hans pappa Henrik som jobbade på ett försäkringsbolag hade koll på.

När han hade runt hundra meter kvar till det gula huset med vita knutar, såg han fortfarande bara röken från skorstenen som tecken på att någon var hemma. Tänkbart var att de tänt en brasa på morgonen innan de gett sig av till sina arbeten, men det fick han snart veta, tänkte han.

Efter att ha ringt på ett antal gånger utan att någon öppnade, visste inte Oskar riktigt för stunden vad han skulle ta sig till. Några andra hus eller gårdar i närheten syntes inte. Förmodligen skulle det väl bara vara att följa vägen därifrån, så borde han ju hitta något förr eller senare, men helst ville han bli hämtad av Ludvig snarast.

Att göra ett nytt inbrott lockade inte, bara för att han ville komma åt att ringa. Och förresten var det ju inte alls säkert att det fanns någon fast telefon därinne, för allt fler sade ju upp sina fasta abonnemang och förlitade sig på sina mobiltelefoner, tänkte Oskar och suckade.

Plötsligt fick han syn på fastighetens brevlåda där en lokaltidning stack ut en bit.

-Kan vara intressant att se om det står något om husbilen, sade Oskar för sig själv och gick för att hämta tidningen.

Rubriken på tidningens framsida slog ner som en bomb i hjärnan på Oskar. Ett tiotal meter från brevlådan stod ett tomt garage med dörrarna öppna. Han gick in där för att sätta sig på marken, för där var det åtminstone torrt.

"Scotten efterlyst - misstänkt för dubbelmord!", läste han utan att begripa att det verkligen var sant.

När han läste vidare såg han att polisen tacksamt tog emot tips från allmänheten om var mördaren kunde befinna sig.

Ljudet från en helikopter som förmodligen tillhörde polisen, fick Oskar att tänka att det kanske var lika bra att överlämna sig själv till rättvisan. Men innan han kom ut var helikoptern redan på väg därifrån, utan att ha upptäckt honom.

-Nej så tusan heller att jag ska in i något fängelse igen, sade Oskar högt för sig själv samtidigt som han fick syn på en cykel längst in i garaget. Någon minut senare var han på väg därifrån med hjärnan i fullt arbete, för att lyckas få förbli fri.

Inom landets gränser kunde han inte vistas och att fly helt pank var inte heller möjligt. På något sätt skulle han försöka få tag i de sjuttiofemtusen kronorna han skulle få för uppdraget han utfört åt Stefan.

Egentligen tyckte han att han var värd att få dubbelt så mycket. Hade han inte blivit akterseglad vid Nyköpingsbro, så hade ju allt gått bra, tänkte Oskar.

Cykeln fungerade på det hela taget rätt så bra, men det märktes tydligt att den inte hade använts senaste halvåret. Dels fattades det luft i framdäcket och sedan hade den stått och blivit grymt skitig inne garaget vars golv bestod av fint grus. Det hade inte varit fel om någon smörjt upp den lite överallt heller för den delen, tänkte han.

Förmodligen tillhörde den någon person som var betydligt kortare än han själv, för så fort han trampade slog han i sina knän i styret.

Oskar förbannade sig själv att han haft så bråttom iväg med cykeln från garaget. Hade han sett sig om där, så hade han med all säkerhet funnit verktyg för att höja sadeln och även en cykelpump.

Att vända för att åtgärda problemen kändes inte aktuellt. Med tanke på att det varit utför mest hela sträckan hittills, skulle det innebära att han fick trampa i en lång uppförsbacke till garaget.

Det är bara att gilla läget, tänkte Oskar och trampade vidare.

Efter att ha cyklat i ungefär tre kvart på en väg med grovt grus, kom han ut på en som var asfalterad.

Att han inte hade fått punktering ännu var ett under, tänkte han medan han för runt tusende gången slog i sina knän i det förbaskade styret. På lite håll måste det sett rätt roligt ut, för varje gång vinglade han till.

-Förhoppningsvis är det inte någon som ser mig, sade Oskar till sig själv och skrattade.

Ludvig och Stefan försökte jobba på som vanligt, men hade svårt att koncentrera sig. Så fort telefonen ringde eller någon klev in i butiken, hajade de till för att de trodde att det var Oskar.

-Vad tycker du att vi ska göra, är det läge att gå till polisen? undrade Stefan.

-Nej definitivt inte. Scotten är myndig och kan ta hand på sig själv. Om han nu har levt rövare inne i husbilen så är det en sak som han får stå för själv, det har inget med oss att göra. Antagligen har han redan gripits och sitter i förhör. Och så länge han vet att han har sjuttiofemtusen som väntar på honom så lär han inte tjalla, svarade Ludvig övertygande.

-Ja du har nog rätt, det är bara det att man vill veta vad som hänt. I princip vet vi ju inte om Oskar, eller Scotten som han kallas, är kvar i landet eller om han ligger skadad någonstans, fortsatte Stefan.

-Nej det vet vi ju förstås inte, men det finns ingen anledning för oss att göra något överilat. Kuppen vi gjorde verkar i alla fall ha fungerat perfekt. Nu har det ju gått ett tag och än har vi inget hört, sade Ludvig.

-Jo, det är klart, den biten är ju bra. Fyra av TV-apparaterna levererar vi den här veckan och resten i början på nästa, vilket är lysande. Etthundrafemtiotusen i ett nafs! Dessutom vet vi att de flesta av apparaterna som vi åtagit oss att köra till tippen, i stort sett är funktionsdugliga. Till kunderna är det sagt att de gamla kostar för mycket att reparera, så det blir billigare att köpa nya för dem. Men är det något enkelt fel så lagar vi dem och lägger ut dem till försäljning, fortsatte Stefan och flinade.

Ludvig nickade instämmande och log, innan han sade:

-Ett av de svåraste bekymren står jag inför snarast, och det är att ta kontakt dels med hans syster Ebba, tillika min flickvän. Hon vet att det var jag som träffade Scotten senast. Och som om inte det vore nog, så förväntar sig säkert Lisa, hans tjej, att jag hör av mig.

-Ja, just det. Vad tänker du säga till dem? undrade Stefan.

-Vet inte riktigt. jag måste fundera ut något innan jag ringer dem. Viktigast av allt känns i det här läget, att inte tala om exakt varför han var med oss vid Nyköpingsbro. Hur nu det ska gå till? undrade Ludvig.

-Tusan att vi inte vet var han befinner sig, då hade vi kunnat snacka med honom, så vi visste att vi sade samma sak. Det gäller ju inte bara att komma på en rimlig förklaring, utan den bör förstås helst stämma överens med vad Scotten säger när han träffar dem, sade Stefan

-Jag får ta tjuren vid hornen nu, genom att ringa och säga att han typ blev akterseglad vid Nyköpingsbro av misstag. Får väl dra till med att han skulle hjälpa oss att hämta din Saab där för att köra hem den. Sedan vart nycklarna till den tagit vägen är fortfarande en gåta. Det är trots allt ganska sant det mesta i den historien, eller tycker du jag skall säga något annat? frågade Ludvig.

-Säg precis som du sade till mig nu, för det är ju ingen lögn. Med lite tur kanske han har hört av sig till någon av dem, det är ju möjligt, svarade Stefan eftertänksamt.

När Ludvig ringde Ebba så svarade hon inte. Antagligen hade hon en kvällsföreläsning och i så fall skulle hon nog ringa tillbaka lite senare.

Lisa däremot svarade nästan direkt.

-Har ni hört något från honom? Jag såg på nätet att han är efterlyst! Alltså för fan Ludvig, nu talar du om vad han är inblandad i, sade Lisa med bestämd röst.

Så sakligt och lugnt som Ludvig kunde, berättade han vad Stefan och han kommit överens om och att han inte visste mer för närvarande.

-Har ni kontaktat polisen och hört om han är gripen? undrade Lisa.

-Nej det har vi inte gjort. Det går bara runt i huvudet på mig, men är det sant det som står i nättidningen så är det fruktansvärt. Vill du ringa polisen och fråga så får du gärna det, svarade Ludvig.

-Jag kan kontakta dem med en gång. Polisstationen är förresten bara några hundra meter härifrån så jag går dit och pratar med dem. Vill de inte svara mig så ska de få göra det ändå, för jag ger mig inte förrän de gett mig besked, sade Lisa.

-Hör av dig när du varit där är du snäll, sade Ludvig innan samtalet avslutades.

Leila satt på sin cykel på väg till jobbet och hoppades att hennes chef blivit sjuk eller fått åka på någon kurs med kort varsel. Inte för att hon egentligen önskade honom något illa, tvärtom faktiskt. Det var bara det att hon inte alls var upplagd för en massa pinsamma frågor av kollegorna, angående gårdagskvällen.

Av erfarenhet visste hon hur det brukade gå till, visserligen alltid med en stor portion humor.

När hon som vanligt ställt ifrån sig cykeln, hörde hon en röst som bekräftade att hennes önskningar just skitit sig.

-Godmorgon Leila, hittade du någon batong eller liknande tillhygge vid kroppsvisiteringen igår? frågade Jesper och skrattade.

-Ja tänk att jag gjorde det. Om jag däremot skulle visitera dig, så hittar jag väl förmodligen bara en stump av ett nedbrunnet stearinljus förmodar jag, svarade Leila uppretat.

Sekunden senare utbröt jubel och applåder från hennes arbetskamrater som alla stått gömda och tjuvlyssnat. De gladdes åt att hon satt sin chef riktigt ordentligt på plats. Röd om kinderna gick han mumlande in till sitt kontor och stängde dörren efter sig.

Under hela genomgången som följde kunde Leila inte släppa det hon hävt ur sig. På samma gång som hon ångrade sig, hade det känts så förbannat skönt att ge svar på tal.

Alla som var i salen hade antingen gett henne en klapp på axeln eller nickat med ett brett leende åt henne. Det var tydligt att hon satt punkt för den råa grabbigheten som hade rått på stationen, en gång för alla.

-Vi har alltså en mordplats med två offer som mördats på ett brutalt sätt, inledde kriminaltekniker Lisbeth. Huvudena är nästan avkapade med en stor kniv, och densamma har med stor säkerhet använts för att skära av de fingrar som de haft ringar på.

De spår vi funnit på platsen förutom offrens, har bundit

107

en person som finns med i vårt brottsregister, Oskar Scott. Motiv känner vi inte till, men vi vet att samtliga guldhalsband, ringar, örhängen och klockor saknas. Det har deras närmast anhöriga bekräftat och de är för övrigt förstås samtliga underrättade, tillade Lisbeth.

-Som alla förstår så inriktas nu arbetet på att finna den efterlyste Oskar "Scotten" Scott. Han har inte varit dömd för så här grova brott tidigare, men spåren som vi funnit pekar på att han är den skyldige, sade Jesper.

-Vi får kallt räkna med att gärningsmannen slår till igen, det finns inget som tyder på något annat. Det har förekommit husbilsrån tidigare där offren först sövts, men den här gången var det med en för oss okänd gas som användes. Man kan helt klart dra slutsatsen att den inte var lika effektiv som den vanliga, för tumult och handgemäng har pågått, det visar spåren, tillade kriminaltekniker Jan.

Oskar satt och trampade med solen skönt värmande mot ryggen och gladdes åt att han hade en ganska rejäl medvind. Tankarna gick ömsom till om synerna hörde ihop med vad han sett i tidningen och hur han skulle komma åt sina pengar.

Vad det gällde mordmisstankarna mot honom, spelade det ingen roll hur mycket han grubblade, för han fick ingen klarhet i anklagelserna ändå.

Till sin fasa visste han med sig att om någon provocerade honom ordentligt, så kanske han var kapabel till gärningen, åtminstone om han var påverkad i något slags rus.

Fanns det klara bevis mot honom, så visste han inte om det gick att skylla på att han på sätt och vis blivit drogad när han kommit in i husbilen.

Det borde ju i vart fall vara förmildrande och det skulle nog en bra advokat luta sig mot, tänkte han.

Hur överlämnandet av pengarna skulle gå till, hade han efter en stunds tänkande kommit fram till.

Det bästa vore om han kunde låna en telefon av någon och med den ringa till Ludvig och be honom ta med de sjuttiofemtusen kronorna. Helst till någon undanskymd plats där risken för upptäckt var minimal.

När det var klart kunde han mer detaljerat ordna med sin flykt. Men i stora drag tänkte han försöka komma med någon båt till Tyskland och där på något sätt skaffa ett falskt pass. Med det borde han kunna ta sig vidare ner mot Medelhavet och kanske skaffa sig ett jobb på en restaurang eller egentligen vad som helst, spekulerade Oskar vidare.

Framför sig såg han nu en lång och seg uppförsbacke och trampade på lite extra för att komma en bit upp i den. Ganska snart insåg han att det skulle bli för tungt att trampa mer än kanske en femtedel av backen, sedan skulle han få gå av och leda cykeln.

Till en början hade han gillat cykeln skapligt, men nu höll han på att bli vansinnig på den jäveln. Varenda tramptag slog han i sina nu fruktansvärt ömma knän, som förmodligen börjat blöda av den omilda behandlingen.

Precis där han anat, fick han hoppa av och börja gå.

När han gick där fastnade plötsligt hans blick vid en liten

spärr på styrstången som han inte sett tidigare. Hans blick vandrade vidare för att upptäcka att det satt en likadan under sadeln.

Med ett enkelt handgrepp gick det att lossa spärrarna och höja styre och sadel till en mer lagom nivå för honom.

I ren ilska över att han inte upptäckt hur lätt det var att ändra cykeln så att den passade honom, svor han för sig själv ända tills han var uppe för backen.

Väl uppe satte han sig på sadeln igen och fortsatte norrut. Det var en fröjd att slippa slå i knäna hela tiden, men nu när han inte koncentrerade sig på dem mer, kände han hur hungrig han började bli.

Efter lite letande i sina jackfickor fick han tag på något som han glömt att han stoppat på sig, en stor choklad kaka! Visserligen var den bruten på flera ställen, men det gjorde inget för den smakade lika bra för det. Det var dock bara en liten hjälp för stunden. Snart behövde han få i sig lite riktig mat, annars skulle han bli yr och få huvudvärk, det visste han.

Lite längre fram såg Scotten ett hus som låg ganska nära vägen han färdades på. Där kanske jag kan få låna en telefon så att jag kan ringa Ludvig, tänkte han.

Kapitel 12

-Jag ber så mycket om ursäkt för det jag hävde ur mig i morse. Det var inte illa menat, utan bara ett dumt skämt, sade Jesper när de satte sig i polisbilen för att fortsätta sökandet efter Scotten.

-Den godtas. Det var väl inte så snällt det jag vräkte ur mig heller för den delen, så förlåt, svarade Leila.

-Jag tycker vi glömmer det hela om det är okej för dig och koncentrerar oss på jobbet då, sade Jesper.

-Visst, hur lägger vi upp efterspaningen anser du? frågade Leila.

-Jag tycker vi ska åka gamla vägen söderut från Nyköping och se om det ger något. På den här tiden som gått sedan han var i husbilen, kan han visserligen vara hur långt bort som helst, till och med utomlands. Men om han inte tagit sig från platsen med något motordrivet, utan gått eller cyklat, borde han vara inom en tre mils radie från Nyköpingsbro.

Vi vet också att i många händelser liknande den här, så dras gärningsmannen ofta till bekanta platser för att kanske känna någon slags trygghet. I det här fallet blir det då Nyköping där han är uppväxt, sade Jesper och lät ganska hoppfull.

-Det låter logiskt det du säger, svarade Leila som nu kände sig betydligt lugnare än innan hon satte sig i polisbilen med Jesper. I sådana här lägen hade hon ingen erfarenhet om hur han skulle bemöta henne efter den fräna ordväxlingen som utspelat sig på morgonen.

-Jag tycker till och med att ser vi folk ute någonstans, så stannar vi och frågar om de sett till Scotten. Det kan till och med vara läge att knacka dörr slumpvis, för att få veta om de sett honom, sade Jesper.

-Titta där står en vit skåpbil på en busshållplats på andra sidan, ska vi fråga om de har sett något? undrade Leila.

-Jag tror knappast att det är lönt, men vi gör det väl för din skull, sade Jesper och skrattade.

Det var knappt någon trafik på vägen, så det gick utan vidare att göra en u-sväng på en raksträcka för att sedan parkera precis bakom skåpbilen.

-Jag går ut och frågar om de sett något, skall jag ta ett utandningsprov på föraren med? undrade Leila.

-Ja visst gör det, för vi ligger efter i statstiken när det gäller antalet vi skall utföra, svarade Jesper och log.

Redan innan Leila kom fram till fönstret som föraren hissat ner, kände hon en bekant doft som hon inte kunde fastställa var hon träffat på tidigare.

-Godmorgon, får jag be om att få se ert körkort? frågade Leila.

-Can you speak English, please? fick hon till svar på bruten engelska.

Efter att ha frågat om på engelska, visade mannen upp ett körkort från Polen.

Vidare hörde hon honom säga att polisen i Sverige måste vara rekordsnabba, för det hade bara gått några minuter sedan han och brodern ringt polisen och sagt att de blivit rånade.

Leila bad dem vänta och tog med körkortet till polisbilen för att be Jesper kontrollera om det kommit in något larm från dem.

-Tydligen precis nyligen, för de har visst blivit rånade på reskassan. Efter vad de uppger så är de två bröder som är på semesterresa på väg upp till norra Sverige.

-Körkortet ser okej ut, eller vad säger du? frågade Leila och räckte över det till Jesper.

-Jag kan inte se något annat, och vad jag fått fram av registreringsskylten så verkar allt vara i sin ordning.

-Tusan, nu kommer jag ihåg var jag känt lukten tidigare. Det var ju från husbilsrånet nyligen, den där gaslukten du vet, sade Leila uppskärrat.

-Det kan antingen vara så att de verkligen har blivit rånade, eller också är det gärningsmännen vi har funnit. Jag följer med ut så undersöker vi det, sade Jesper och klev ur polisbilen.

-Var beredd med pistolen, beordrade Jesper.

-Ja jag är redo, svarade Leila som innerst inne var förvånad av vad som hade hänt i samhället den senaste tiden. Det här var andra gången hon osäkrade sin pistol i syfte att skydda sig och sin kollega.

Jesper bad bröderna kliva ut ur skåpbilen på knagglig engelska. När de kommit ut kontrollerade han om de bar några vapen eller knivar, men fann inget.

När det var klart gjorde han en kontroll genom fönstren på skåpbilen som de använde som bostad under resan, men fann inte heller där något anmärkningsvärt.

-Vi får låta dem åka, för jag hittar inget. De har redan gjort en anmälan på telefon om vad de blivit av med. Vidare har våra kollegor på polishuset gett dem telefonnumret till deras ambassad som kanske kan ge dem pengar till hemresan, sade Jesper.

-Det ser ut som att det ligger en stor kniv i gräset där! ropade Leila plötsligt.

-Ja jäklar, du har rätt!

-Det verkar som om det är intorkat blod på den, eller hur? sade Leila undrande.

-Det kan det vara, jag kallar hit teknikerna omgående. Sätt handfängsel på bröderna och se till att de tar plats i baksätet på polisbilen. Stanna kvar och bevaka dem. Vi vet inte om de är ensamma, så var för tusan beredd, fortsatte Jesper med skärpa i rösten.

Försiktigt utan att förstöra några spår eller bevismaterial undersökte han omgivningen, utan att finna något speciellt.

Om den vita skåpbilens skjutdörr var uppbruten kunde han inte fastställa, men det verkade inte omöjligt.

När Jesper utan att vidröra något böjde sig in i vanen, kände han också igen lukten. Efter bara något andetag märkte han att han blev påverkad och tog snabbt ut sitt huvud för att få i sig frisk luft igen.

-Det bör väl vara gärningsmännen vi har här. Någon av dem slängde förmodligen ut kniven i ett desperat försök att bli av med den, eller vad tror du? frågade Leila när Jesper kom tillbaka.

-Möjligt, men det finns en del som talar mot det. Bland annat kan man ju undra varför de i så fall tillkallade oss, det hade bara varit för dem att åka vidare istället.

Förresten såg jag inga guldföremål undangömda när jag letade, fortsatte Jesper.

-Om de stulit guldringar och kedjor så vet vi ju hur det brukar gå till. Då ligger de i en brevlåda adresserade till en plats långt härifrån. Och som kronan på verket har vi inte rätt att öppna brevlådor och kolla misstänkt post, sade Leila uppgivet.

-Det ska helt klart bli intressant att se om kniven med blodspår använts på paret i husbilen. Om det är så, är vi kanske tillbaka till den vi först misstänkte, nämligen Oskar "Scotten" Scott, svarade Jesper.

-Ja det är klart. Med cykel eller något har han hunnit tillryggalägga sträckan mellan Nyköpingsbro och hit under den här tiden, svarade Leila.

-Med lite tur hittar vi inte bara blodspåren som matchar med offrens, utan även gärningsmannens fingeravtryck. Det var jäkligt bra att du hittade kniven, sade Jesper och gav Leila en klapp på axeln.

-Teknikerna kommer visst nu och de har förstärkning med sig för att spärra av själva, sade Leila.

-Bra, då kan vi snart åka in med de här "juvelerna". Jag ska bara informera kollegorna om läget. Kontakta stationen och säg att vi behöver en tolk där om en kvart som behärskar polska, svarade Jesper.

-Det kunde visst dröja ett par timmar innan vi får upp en tolk från Norrköping. Ska vi börja ett inledande förhör på engelska så länge? undrade Leila när Jesper var tillbaka och de skulle bege sig därifrån.

-Ja det gör vi så att vi kommer igång. Du får vara med för du behärskar engelska mycket bättre än jag, sade Jesper medan han ökade farten.

-Ja det är jag gärna. Det är till och med troligt att vi klarar det mesta utan tolk, för på körkortet stod det att han var tjugoett år så han borde väl ha lärt sig något i skolan, svarade Leila.

115

-Man kan tycka det. Förresten har vi blivit lurade förr av tolkar som inte översätter exakt rätt, så grejar vi det ändå, är det förstås bäst.

Hur gammal är den andre, har han också körkort? undrade Jesper.

-Ja, jag har det här och på det står det att han nyss fyllt tjugofyra.

Har du lagt märke till att de är rödsprängda i ögonen, tror du vi bör låta en läkare undersöka dem innan förhöret? undrade Leila.

-Ja när du säger det så ser jag faktiskt det. Själv kände jag också igen gaslukten från husbilen du nämnde om och hade svårt att vara kvar mer än ett par andetag med huvudet därinne.

Vi får göra som du föreslog, be dem fixa fram en läkare och säg att det är mycket brådskande, sade Jesper.

Redan när Oskar svängde in mot huset förstod han att det var någon hemma. Ytterdörren stod lite på glänt av någon anledning och han tyckte sig höra en radio som var påsatt därinne.

Han antog att det var ett äldre par som bodde i huset på grund av att det inte gjorts några synliga renoveringar eller tillbyggen de senaste fyrtio åren. Kåken var klädd med klassiska grå eternitplattor och på hallgolvet skymtade han en brokig trasmatta i jordens alla färger. Att det var ett par fanns också tydliga tecken på, dels var det överpyntat med flera lager tyllgardiner och pelargoner, samt att det stod en extremt välskött gammal Volvo 240 i garaget, där någon öppnat dörrarna.

-Hej, skulle jag möjligen kunna få låna er telefon? för jag skulle verkligen behöva ringa, undrade Oskar samtidigt som han sträckte fram en guldtia.

-Nja, går det fort då? Vi ska åka in till staden för jag har en tid hos fotvården först och sedan skall jag till frissan. Dessutom ska min man till apoteket och sedan ska han köpa kattmat med innan vi handlar, svarade en äldre kvinna som sett sina bästa dar.

-Det går blixtsnabbt, blev svaret samtidigt som han tog ett kliv upp på trappan och överlämnade tian. Jag tar av mig skorna, var står telefonen? frågade Scotten.

-Du behöver inte ta av dig skorna för vi har en sådan där modern sladdlös telefon som jag kan hämta i köket. Dessutom kommer hemtjänsten hit och städar imorgon, sade kvinnan.

-Så bra, svarade han medan han slog numret till Ludvig.

-Du vill väl ha lite termoskaffe, bulle och några kakor när du ändå är inne, fortsatte kvinnan samtidigt som det tydligt hördes att någon tokvarvade den gamla volvon och körde ut den från garaget.

-Ja tack, det tar jag gärna, svarade Scotten samtidigt som signalerna började gå fram.

-Bäst du äter upp alltihop, du ser så mager och tanig ut, fortsatte hon.

-Haha, du är nog den första som säger så, ursäkta mig men nu kom jag fram så jag måste prata lite i telefon, förklarade Oskar.

-Hej Ludvig, jag har lånat en telefon så jag kan inte prata så länge. Tror du att ni kan komma ut med min ersättning nu, jag finns utmed gamla vägen en mil söder om Nyköping, frågade Oskar.

-Jag ska gå och kolla med Stefan, han är i rummet bredvid. Vad är det som har hänt egentligen, har du läst tidningen? frågade Ludvig.

-Jag mår rätt bra, men vad som har hänt vet jag inte för jag kommer inte ihåg ett skit, sade Oskar samtidigt som han hörde att Ludvig pratade med någon.

-Chefen säger att han kan få fram pengarna tidigast om några dagar, antagligen till på måndag, sade Ludvig.

-Jäklar det är för sent! Jag måste avbryta samtalet nu, men jag återkommer, svarade Scotten under tiden som föraren av 240:n höll bilen still på uppfarten genom att bara trycka ner kopplingen.

-Min man är färdig att åka nu, så jag tar på mig kappan och skorna. Är du snart färdig med telefonen? undrade kvinnan.

-Javisst, tack så mycket för lånet och det goda fikabrödet. Hinner jag bara fylla på en liten dunk vatten innan du låser? frågade Oskar.

-Du kan ta så mycket du vill. Ute på garageväggen sitter en kran, stäng bara av den efter dig, uppmanade hon honom, medan hon satte sig i bilen och stängde dörren. Sedan bar det iväg med en rivstart mot Nyköping.

Kvar stod Scotten och fyllde sin dunk, medan han kände en frän lukt av brända kopplingslameller i sin näsa.

Ludvig väntade kvar hos Stefan för han undrade lite vad han höll på med.

-Ska du slänga den där skjortan, den är väl ganska ny? frågade Ludvig.

-Ja, jag har fått färg på den som jag inte tror går bort, svarade Stefan.

-Men ska du inte försöka i alla fall? Din fru är nog ganska bra på sådant har jag för mig att du berättat tidigare, fortsatte Ludvig.

-Det är möjligt att det bara är att köra med den med vanliga tvätten, men då kan man ge sig fan på att den färgar av sig och förstör det andra.

Förresten räknar jag med att få in stålar snart, så att jag har råd att köpa sidenskjortor med guldbrodyr på om jag vill, sade Stefan och garvade.

-Ja det är klart det, ska du inte byta bil med då? Din röda Saab har du väl haft rätt länge nu, undrade Ludvig.

-Ska sanningen fram så har vi två identiska bilar. Frun och jag behöver varsin bil och det har många gånger varit praktiskt att de är lika.

Det bästa med det är helt klart att folk inte behöver lida så förbannat av det svenskaste som finns, nämligen avundsjukan, sade Stefan och log.

-Ja det har du säkert rätt i. Men ser inte grannarna att ni har två likadana 9 5:or? frågade Ludvig.

-Förmodligen inte, om de inte skriver av registreringsskyltarna och jämför. Du vet ju hur inbäddad vår tomt är, det är ju omöjligt att se utifrån vad som finns därinne.

-Så med andra ord så tänker du inte byta bil än på ett tag, summerade Ludvig.

-Nej, troligtvis inte. Om jag köper en ny Mercedes lär folk få tarmvred och sprida en massa elaka rykten, och sådant är skadligt för verksamheten.

Det är bättre om de tror att firman går knackigt, då

119

gnäller de inte så mycket om de får en saltad räkning. De antar att man måste ta så bra betalt för att man överhuvudtaget ska ha råd med mat på bordet varje dag, svarade Stefan och letade fram en gammal tröja och tog på sig.

-Vad är det för plåtbehållare som står vid ditt skrivbord, är det något jag ska ta med till återvinningscentralen nästa vända? undrade Ludvig medan han var på väg ut.

-Nej, dem ska jag ha och fylla ungarnas ballonger med nu när de slutar skolan, så dem slänger du inte, svarade Stefan medan han tog fram sin telefon för att ringa.

Lisa hade trots att hon varit bestämd och krävt besked om Oskar Scott var gripen eller ej, fått vända med oförrättat ärende. De hade lovat att höra av sig när så skedde, om det inte beslutades om något annat. Av utredningstekniska skäl var det nämligen troligt att polisen inte lämnade ut uppgifter om det, hade hon fått veta.

Däremot hade hon fått stränga tillsägelser om att höra av sig direkt om hon själv blev kontaktad av Scotten, annars riskerade hon böter, hade hon blivit upplyst om.

Så fort hon hade möjlighet ringde hon till hans mobiltelefon och sökte honom, men det var ingen som svarade.

För att ha någon att prata med i den jobbiga situationen som rådde, så ringde hon till sin pojkväns syster Ebba, som svarade efter några signaler.

-Hej det är Ebba, jag ser att det är du Lisa som ringer.

Har du hört något ifrån Scotten? undrade hon.

-Nej inte ett ord och polisen vägrar att lämna ut några uppgifter. Vad ska vi ta oss till? frågade Lisa förtvivlat.

-Det enda är att bara vänta, jag vet inget annat. Ludvig har inte hört av sig heller för den delen, vilket han lovade att göra om han hörde av honom, svarade Ebba uppgivet.

-Den lokala nättidningen skrev nyss att en liknande händelse inträffat en mil söder om Nyköping. Det var visst oklart om det var någon som blivit mördad där, men ett par bröder uppger att de blivit rånade, sade Lisa.

-Tusan, du menar inte att Scotten ligger bakom det här med, jag fattar inte vad som hänt med min bror. När jag besökte honom på anstalten för bara drygt en vecka sedan, trodde jag stenhårt på att han skulle sköta sig. Jag vet att han såg fram emot att få leva med dig igen för att han älskar dig, och då beter man väl sig inte så här. Är han skyldig så åker han väl in på livstid, fortsatte Ebba.

-Kommer du upp till Nyköping i helgen eller stannar du kvar i Norrköping? Vi kanske kunde stötta varandra tänkte jag, vi vet ju liksom vad vi pratar om för vi har ju samma problem, frågade Lisa.

-Jag vet inte. Det var bestämt att Ludvig och jag skulle ses i helgen, men jag tycker han har varit lite konstig sista gångerna vi pratats vid på telefon, svarade Ebba.

-Kanske just därför du bör åka ner och även för min skull, sade Lisa bedjande innan hennes telefon dog för att batteriet var urladdat.

Kapitel 13

Scotten tittade sig omkring när han hade satt fast den fyllda vattendunken på pakethållaren.

Fikat han bjudits på hade smakat perfekt, men ovissheten om vad han skulle ta sig till härnäst var betungande.

Han insåg att han inte kunde stå och vela hur länge som helst utanför garaget, för då skulle väl någon förbipasserande snart undra vad han gjorde där.

Några hundra meter bort längs vägen såg han ett skogsparti dit han beslöt att förfytta sig, för att i lugn och ro kunna planera vart han skulle ta vägen någonstans.

Väl där satte han sig ner och drack lite vatten. Det hade hunnit bli riktigt skönt, för vårsolen gassade på ordentligt. När han satt där såg han årets första fjäril.

Det var en citronfjäril vilket han hade för sig var ett gott tecken och betydde att man fick tur. Något han verkligen kunde behöva i det här läget, tänkte han.

Det grämde honom att det skulle dröja flera dagar innan han skulle få pengarna, för ända tills dess måste han hålla sig gömd i närheten av Nyköping. Om polisen fortfarande var inne på att det var han som mördat paret i husbilen, kunde han räkna med att det var ett rejält sökpådrag efter honom. Hittills hade han bara sett en helikopter flyga förbi, men med all säkerhet var det mer att vänta, tänkte han vidare och lade sig ner på rygg och blundade.

-Nej, det här håller inte, jag måste göra ett inbrott till för att komma över mat, annars fungerar inte min hjärna som den ska, sade Oskar bestämt och satte sig upp igen.

Han tog med cykeln och ledde den på stigen ut mot vägen igen, medan han fick syn på ännu en citronfjäril.

Den kvinnliga läkaren kunde snabbt konstatera att de polska bröderna utsatts för någon gas, som fortfarande irriterade deras ögon och slemhinnor. Några bestående men var dock inte troliga, så hon gav dem lite ögondroppar för att det snart skulle gå över.

-Är det möjligt att det är en gas som de kan ha sövts med? undrade Jesper som var med i undersökningsrummet.

-Det kan det mycket väl vara men det borde väl era tekniker kunna besvara, sade läkaren som fått slänga i sig lunchen snabbt, för att det var så bråttom med undersökningen.

-Tack, då ska vi inte besvära er mer, svarade Jesper och ledde ut bröderna därifrån.

-Ska vi köra igång ett inledande förhör då, innan tolken kommer? frågade Leila när de kom ut.

-Ja, det gör vi, men vi hinner slänga i oss lite fika först. Se till att de får lite med, så är de nog mer talförda sedan, svarade Jesper och nickade mot bröderna.

-Ja visst. Med lite tur borde väl teknikerna hunnit undersöka kniven snart, det känns som det skulle ge oss många svar, sade Leila.

-När vi fikat ringer jag dem och hör efter om de kommit

123

fram till något.

Leila nickade instämmande medan hon hänvisade bröderna till ett bord, där de kunde ta för sig kaffe och bullar.

Innan de ens fikat färdigt, ringde kriminaltekniker Lisbeth till Jesper och berättade att de hittat blodspår på kniven. Att de överensstämde med paret som blivit mördade härom natten, var redan konstaterat.

-Men hur är det med fingeravtryck på kniven, har ni kunnat fastställa vem som hållit i den? frågade Jesper.

-Den undersökningen gör vi när vi kommer tillbaka till stationen, vi är på väg dit nu.

Skåpbilen hämtas snart med en bärgare och tas in den med, kan du hälsa bröderna om de undrar.

-På tal om den ja, vet ni ännu vad det är för slags gas som använts. Personligen tyckte jag att lukten i skåpbilen överensstämde med den som kändes i husbilen, fortsatte Jesper.

-Det tyckte vi med, men vi har ännu inte fått svar på det. Det är skickat på analys, så det kan dröja ett tag. Vi hör av oss när vi vet mer, sade Lisbeth och avslutade samtalet.

-Vi drar igång förhöret med bröderna nu, sade Jesper.

-Visst, sade Leila och hämtade en av bröderna och förde honom till förhörsrummet.

Efter en halvtimme tog de in nästa och frågade honom om i stort sett samma saker.

-Vad säger du, tror du att vi har mördarna här? frågade Jesper efteråt.

-Det finns helt klart en hel del frågetecken kvar.

Med bestämdhet kan man ju dra slutsatsen efter de här förhören, att det är inget på långa vägar som räcker till en fällande dom. Vi har varken motiv eller bevis på att de varit i husbilen.

Det som talar för att de är skyldiga är ju att mordvapnet hittades i anslutning till dem, svarade Leila.

-Det är min uppfattning också. Vi behåller dem här så länge vi får och under tiden kraftsamlar vi på att hitta Oskar Scott.

Efter Lunch åker vi ut igen på samma väg som i morse där vi fann den vita skåpbilen, sade Jesper.

-Ja det kan vi göra, för rimligtvis är han inte så långt borta som du antydde i morse. Det som styrker det ännu mer har jag fått veta nyligen. Dels har han inte använt något bankomatkort och dessutom har vi spärrar på samtliga flygplatser inom landet. Skavsta flygplats är ju inte så långt härifrån, men inte ens där har han visat sig, svarade Leila.

-Bra, då vet vi det. Vår favoritrestaurang bjuder på kåldolmar idag, är det något du är sugen på? undrade Jesper.

-Det går fint, det är faktiskt rätt så länge sedan jag åt det, svarade Leila entusiastiskt.

Mätta och belåtna satte de sig i polisbilen igen, för att rekognosera vidare längs vägen söder om Nyköping.

På vägen mötte de hundpatrullen som just avslutat eftersökningen där skåpbilen tidigare hade stått.

Förhoppningen hade varit att man skulle finna spår från platsen där kniven legat, till en gärningsman som låg och tryckte någonstans.

Tyvärr hade allt varit resultatlöst. Hunden hade bara

vädrat spår upp till en plats några meter bakom där skåpbilen hade stått. En trolig hypotes var att gärningsmannen tappat eller lämnat kniven där den upptäcktes, för att sedan med bil ta sig från platsen. Men det var bara hundpatrullens antaganden, fick Jesper veta när han frågade dem via polisradion.

-Om det var rånmördaren som tappat kniven och inte bröderna som slängt ut den när vi kom, borde det ju ha stått en bil parkerad där en stund. Det måste ju finnas ögonvittnen till det, sade Leila.

-Visst är det så. Vi kan inte heller utesluta att Scotten rånat dem i skåpbilen efter att han sövt dem och sedan helt enkelt liftat från platsen, sade Jesper eftertänksamt.

-Mardrömsscenariot är ju att han även mördar den han liftade med i så fall, fortsatte Leila.

-Det kan inte uteslutas och har han tagit sig med bil härifrån, kan han ha hunnit femtio mil åt vilket håll som helst. Utom österut förstås, för där ligger Östersjön, tillade Jesper med en betydligt dystrare ton än för bara en liten stund sedan.

-Vad gör vi då, ska eftersökningen blåsas av? undrade Leila.

-Nej det ska den inte, för tillfället är det vad vi får jobba vidare med tills han kommer fram. Antingen hittar vi honom här eller så gör förhoppningsvis våra kollegor det, om det så är uppe i Norrland så grips han förr eller senare, svarade Jesper medan han fick sakta in ganska rejält. Framför dem cyklade en person, och eftersom det kom fordon från andra hållet, fanns det inte plats att köra om.

Ludvig hatade situationen han hamnat i, för han tyckte inte om att ljuga för någon. Men om han hörde av sig till Ebba och Lisa, så skulle han bli tvungen att berätta hela historien.

Egentligen hade han slutat jobba för dagen och var på väg hem, men bestämde sig för att bara sticka hem och äta lite för att sedan gå tillbaka till arbetet. Han visste att det fanns att göra, inte minst nu när det blivit som så, att de fått skjuta en del framför sig i och med turerna kring Nyköpingsbro.

Om han fick betalt eller inte för övertiden, tyckte han var oväsentligt med tanke på att han skulle få så mycket i ersättning för det han hade hjälpt Stefan med.

Ytterligare en orsak var dessutom att han var mån om att firman kom på fötter igen, annars skulle han snart stå utan arbete.

Det fick bli några piroger från frysen, för det gick snabbt. Under tiden de blev varma i microvågsugnen, bryggde han på ett par muggar kaffe och tog fram ketchup från kylskåpet.

Innerst inne tyckte han att det var konstigt att han inte hade tröttnat på den enformiga kosten, som ibland återkom flera gånger i veckan. Förmodligen berodde det på att när han väl åt något, så hade han väntat så länge att han inte var det minsta kräsen, utan det mesta smakade bra.

När Ludvig kom tillbaka till firman, hörde han att Stefan var kvar på sitt kontor.

-Hej igen, jag hade inget direkt för mig så jag jobbar ifatt en del ikväll som släpar, sade Ludvig medan Stefan hastigt stängde ner sin dator.

127

-Vad bra, ja det behövs verkligen, svarade Stefan.

-Är det bokföringen du håller på med? Det verkar ta en hel del tid, fortsatte Ludvig.

-Ja, jovisst det är lite byråkratiskt i Sverige, så jag får sitta en stund efter det vanliga jobbet varje kväll. Jag ska sticka och köpa ett par byxor, för jag såg att jag fått någon färg på dem jag har på mig. Blir du kvar länge? undrade Stefan.

-Jag har inte bestämt mig än. Faktum är att jag lät min mobiltelefon ligga kvar hemma, för jag inte riktigt vet vad jag ska säga till Ebba och Lisa, svarade Ludvig.

-Jag drar iväg en snabbis nu så att jag hinner innan de stänger, sade Stefan utan att kommentera det Ludvig just sagt.

Ludvig såg på hans byxor att det helt klart var läge att hitta ett par andra. Det verkade som om det stänkt någon rödbrun färg på jeansen han hade på sig, mest på framsidan av dem.

-Fick du tag på samma modell som du hade innan? De ser ju likadana ut, sade Ludvig när han kom tillbaka och skrattade.

-Ja för tusan, och de gamla slängde jag i en soptunna vid snabbköpet härborta, svarade Stefan och log.

-Tror du inte färgen hade gått bort på jeansen heller? Det hade väl varit värt ett försök i alla fall, undrade Ludvig.

-Jag tror inte det, för det är sådan färg man bottenmålar båtar med. Höll på med det i söndags förmiddag i sommarstugan innan jag ringde dig, ser du. Jag går hem nu. Larma och lås sedan, sade Stefan innan han vände på klacken och gick.

Oskar hörde att det hade bromsat in en bil och lagt sig bara några meter bakom cykeln han färdades på.

När han vände sig om för att se vad det var för en idiot, vinglade han till och tappade vattendunken som sprack när den slog i asfalten.

-Jävla bonnläpp! vrålade Scotten högt när han förstod vad som hänt.

I full vrede hoppade han av cykeln och skulle precis stoppa bilen som förföljt honom.

Oskar trodde knappt sina ögon, när han upptäckte att han just var i färd med att hejda en polisbil.

-Goddag Scotten! Du är efterlyst så vi anhåller dig nu, sade Jesper och log brett.

Oskar sade inget, för han visste att det var lika bra att vara tyst och låta en advokat sköta snacket senare.

Medan Jesper satte på honom handbojor, hängde Leila upp cykeln på en hållare hon först klämt fast på dragkroken.

-Jag kan meddela alla att Leila och jag just har gripit den efterlyste gärningsmannen, ropade Jesper stolt ut på polisradion.

-Lysande, då blåser vi av sökningen, svarade en lättad röst på kommunikationscentralen.

-Känner du någon advokat du tycker är bra? Du kan nog behöva det, för det ser ju lite trassligt ut för dig, sade Leila.

-Jag vet bara namnet på en som jag har förtroende för. Det är samma advokat som min farbror haft. Hon heter Annie Stolpe, sade Scotten medan han tittade ner på sitt handfängsel.

129

Kapitel 14

-Jag tar det här förhöret själv, så du inte får alltför mycket övertid, sade Jesper.

-Ja okej, men annars är jag gärna med om det går bra, svarade Leila.

-Nej, jag kommer att behöva dig till viktigare saker, så du sticker hem nu och sedan ses vi imorgon klockan sju, svarade Jesper med bestämd röst.

När Leila hade satt sig på cykeln och var på väg hem, hörde hon att hon fick ett sms. Det får jag komma ihåg att kolla vem det är ifrån när jag kommer hem om några minuter, tänkte hon.

Nyligen hade hon sagt i en radiointervju, att allt fibblande med mobiltelefon när man vistades i trafiken var av ondo. Hon tänkte, att om hon började läsa meddelandet nu och kanske till och med svarade på det, så kunde man ge sig fan på att det var största nyheten i media under morgondagen.

Väl hemma vid cykelstället utanför sin lägenhet fick hon se att Petter hade skrivit till henne.

Han undrade om hon ville spela minigolf med honom och sedan ta en glass.

Först tänkte Leila att hon egentligen inte hade tid. Dels hade hon behövt köra en tvättmaskin och sedan putsa fönstren, för de såg bedrövliga ut nu när vårsolen gjort entrè.

Men för tusan, det är inte varje dag man får slå någon i minigolf och bli bjuden på glass, tänkte hon!

Så hon skrev; Ja gärna, den som förlorar får ge vinnaren den dyraste glassen de har!

Ja, men jag hade tänkt bjuda även om du inte vinner, svarade Petter i nästa textmeddelande som han skickade.

Nej, det kommer inte på fråga. Blir det bra om en och en halvtimme nere i Stadsparken? undrade Leila när hon svarade.

Som svar kom bara en glad smilies tillbaka.

Den här gången kände sig Leila mer självsäker, så efter en dusch och lite mellanmål tog hon på sig ett par jeans och en vit stickad kofta.

För en gångs skull var hon nöjd med sitt nytvättade hår, som doftade syrèn.

Leila tyckte att det skule bli kul att träffa Petter igen, för det kändes som om han var äkta på något sätt. Visst kunde knappast första mötet ute vid Nyköpingsbro varit mer katastrofalt, men daten de haft under gårdagskvällen hade ju läkt allt.

Egentligen hade hon ganska gott om tid för att gå till Stadsparken, men ändå kom hon på sig själv med att gå ganska snabbt. Förmodligen var det för att hon var så förväntansfull, tänkte Leila.

Enda smolket i glädjebägaren var att hon kände att hennes nya walkingskor skavde, både vid hälarna och tårna.

För att förtränga smärtan började hon tänka på något trevligt istället. Det hon kom på först, var att det skulle bli kul att spela minigolf igen. Det var nästan ett halvår sedan hon vunnit tävlingen bland Sveriges bästa kvinnliga spelare.

-Hej Leila! Vad fin du är! Jag ser att du har egen klubba och boll med dig, är du proffs? undrade Petter oroligt.

-Alla kan ha en bra dag, så du kanske vinner. Men jag hoppas inte att du gör det, för jag råkade visst inte ta med mig några pengar till glass, svarade Leila och log.

Efter fem banor spelade, lovade Petter sig själv att aldrig mer utmana Leila i minigolf.

-Du har förstås banrekord här, sade Petter uppgivet när de spelat färdigt.

-Ja det har jag haft de senaste fyra åren. Nu får du gärna köpa en Vingmutter-glass till mig, sade Leila och log.

Så fort solen gick ner började det genast kännas lite kyligt, så de flyttade närmare varandra på bänken där de satt.

Petter lade försiktigt sin arm om Leila och sade:

-Det var nästan lite oschysst av dig förut. Dels hade du med dig egen klubba och boll, och dessutom hade jag ju ingen aning om att du var svensk mästare.

-Okej då, men vad ska vi göra åt det tycker du? undrade Leila med ett brett leende.

-Om du inte har något emot det, så kan vi kyssas, sade Petter tyst, för han visste inte hur hans uttalande skulle bli bemött.

Deras blickar möttes, och utan ett ord till, förenades deras läppar i en lång härlig kyss.

-Nu går vi hem till mig och dricker te, sade Leila efteråt.

-Visst, gärna! Fasen vad jag blev yr av upphetsning när vi kysstes. Jag har aldrig någonsin varit med om en sådan härlig långtradare, sade Petter och skrattade.

-Om du är snurrig än, kan du låna min golfklubba och använda den som käpp när vi går, erbjöd Leila.

-Nej, då håller jag hellre om dig, svarade Petter samtidigt som de började gå mot Leilas lägenhet.

När Leila låste upp dörren, kom hon plötsligt på en sak.

-Jäklar, jag har nog inget te hemma. Vad tycker du vi ska göra åt det? undrade Leila.

-Jag föreslår en kyss till, svarade Petter och böjde sig fram mot henne.

Att det rök en knapp i hennes kofta när den snabbt skulle av, gjorde inte så mycket, tyckte Leila. Den hade hon tid någon gång framöver att sy dit igen.

De utforskade varandra passionerat och somnade utmattade tätt omslingrade runt midnatt.

Tidigt morgonen därpå vaknade Leila och tänkte tillbaka på den underbaraste kvällen hon någonsin upplevt.

Hon kysste Petter innan hon somnade om igen.

Två timmar senare, klockan sex gick Leila upp, duschade och åt frukost. Hon lät Petter sova vidare för hon visste att han inte började jobba så tidigt.

Väl på jobbet undrade hon hur det hade gått med förhöret av Scotten, så det var det första hon frågade Jesper när de sågs.

-Jag kunde bara berätta upplysningsvis för honom vad vi visste, som att vi hade hittat hans fingeravtryck i husbilen. Han ville absolut ha med sin advokat vid fortsatta förhör och hon dyker upp här under förmiddagen.

-Det innebär att vi kan höra honom efter lunch då, i bästa fall, sade Leila.

-Ja, ska advokaten Annie Stolpe som hon visst hette, kunna sätta sig in i anklagelserna och samtala med Scotten, så kan det nog absolut inte bli under förmiddagen, sade Jesper.

-Har teknikerna hört av sig om fler spår på kniven? frågade Leila.

-Jag pratade med en av dem nyss, och det enda spår de funnit sedan sist, är saliv längst upp på handtaget. Det matchar inte någon i utredningen och finns inte heller i våra register. Med andra ord är det troligt att gärningsmannen använt handskar. Spåret av saliv förbryllar, för det verkade tydligen rätt färskt. Det kan försvåra en bindande dom framöver, fortsatte Jesper.

-Har det gjorts någon förfrågan hos allmänheten, om de sett något fordon parkerat bakom skåpbilen i går morse? frågade Leila.

-Nej, inte än, men det ska vi se till att det görs nu under förmiddagen. Lämpligast är om vi går ut via internet, det ger svar snabbast, sade Jesper.

-Jag kan sätta ihop något så får du titta på det innan vi lägger ut det, föreslog Leila.

-Ja, gör det. Jag kontrollerar under tiden om undersökningarna av fordonen gett något, avslutade Jesper och gick väg.

-Hej, jag är din advokat och heter Annie Stolpe, sade en

propert klädd kvinna och sträckte fram sin hand för att hälsa.

-Hej, Oskar "Scotten" Scott heter jag, hyggligt att du kunde ta fallet med mig. Min farbror Joakim Scott hade bara gott att säga om dig, fick hon till svar.

-Kul att höra, du får hälsa till honom. Jag har läst igenom anklagelserna och bevisningen mot dig.

Fingeravtrycken på husbilens ratt och blodspår på dina kläder, binder dig till platsen.

Det finns dessbättre till din fördel, inte några tecken på att du befunnit dig i den så kallade bodelen på husbilen där liken hittades. Blodfläckarna på dina kläder är troligt att du fått från förarstolen, så de räcker inte för en fällande dom.

-Så det som är fastlagt är med andra ord att jag har kört husbilen ett par hundra meter utan något medgivande av ägaren, sammanfattade Scotten.

-Ja, med tillägget då att det kommer kosta en slant för att du parkerade mitt på en stor sten, svarade Annie.

-Det konstiga är att det luktade något fränt inne i husbilen, som för övrigt stod öppen och med nycklarna under solskyddet. Jag tror jag blev hög av någon slags gas. Sedan dess har jag syner, där jag ser något riktigt makabert. Det är två döda människor där huvudena är i det närmaste avskurna. De mördades ögon liksom stirrar på mig med en anklagande blick, men jag kan inte minnas att det är jag som orsakat deras död, sade Oskar och tittade ner i golvet.

-Lukten du kände har analyserats, och det har nu slagits fast vad det var för något.

Det man kommit fram till är att det är samma gas som tyskarna använde under andra världskriget, till vad vet du säkert. Grejen är tydligen bara den, att gasen som använts här är ungefär en tiondel så koncentrerad som den som användes för drygt sjuttio år sedan. Flera ton dumpades i Östersjön innan krigslutet, men hur det till slut hamnat i husbilen är ännu en gåta, sade advokaten.

-Är det senapsgas du pratar om? frågade Scotten.

-Ja, allt tyder på det. Vi måste klara ut vad du gjorde vid Nyköpingsbro den aktuella tidpunkten. Hur kom du dit och vad skulle du göra där?

-Jag och ett par kompisar tänkte bara åka ut och äta något gott där, för att fira att jag nyss blivit frigiven. Vi blev inte osams direkt, men av någon anledning blev jag kvarlämnad där. Det måste ha blivit något missförstånd. Sedan började det regna och jag ville hem. Min mobiltelefon hade jag glömt hemma, och då såg jag husbilen med förardörren lite på glänt. Då tänkte jag, att det kan väl inte vara så farligt att flytta lite på den. Vem vet, de kanske hellre vaknade upp i Nyköping nere vid hamnen nästa dag, sade Oskar.

-Jag vill ha namn och telefonnummer på dina vänner till att börja med. Det behövs för att styrka dina påståenden.

Oskar gav henne det och undrade om det var något mer.

-Ja, såg du någon där som kan tänkas vara skyldig till de brutala morden och varför avvek du från platsen? frågade Annie.

-Nu när du frågar så har jag ett svagt minne av att jag såg en röd bil i närheten. Jag tyckte att det var en Passat, men jag är osäker på den punkten. Det kan ha varit något annat märke, det är möjligt. Varför jag inte stannade kvar var väl helt enkelt för att jag insåg att det var något riktigt tokigt jag gjort när jag snodde husbilen och körde av vägen, svarade Oskar.

-Vad bra, då har jag allt klart för mig i nuläget. Efter lunch får vi räkna med ett förhör. Svarar du på deras frågor likadant som du gjorde nu, har de inte mycket att gå på, sade Annie samtidigt som hon reste sig och gick ut från rummet.

Ludvig hoppade till när det ringde på mobiltelefonen och han hörde att det var Ebba. Han hade redan när de blev tillsammans gett henne en egen melodi när hon ringde, nämligen Sias "Chandelier". Efter att ha velat ett tag beslöt han sig för att svara.

-Hej älskling!

-Hej! Jag har nyheter om Scotten. Min farsa Henrik var ute och gick en sväng och när han skulle gå över ett övergångsställe såg han honom. Han satt i baksätet på en polisbil, så nu vet vi att det är bra med honom i alla fall.

-Vad härligt att höra! Hoppas bara att han inte är insyltad i husbilsmorden. Jag tycker fortfarande attt det är helt sanslöst. Du kommer väl ner till helgen förresten, så vi får träffas? sade Ludvig.

-Jo visst, det gör jag. Tänkte träffa Lisa en sväng med, hon är också väldigt orolig, svarade Ebba.

-Vill du att vi ska gå på någon fest eller ska vi vara för oss själva på lördag kväll? undrade Ludvig.

-Vi kan väl låta det stå öppet tills imorgon. Vet inte riktigt vad jag känner för än, det beror lite på hur det går för brorsan. Jag hinner inte snacka mer nu, jag måste plugga. Jag älskar dig! sade Ebba.

-Okej vi får se då. Jag älskar dig med, sade Ludvig innan de tryckte på röd lur.

Jesper kände sig så fruktansvärt frustrerad när han skulle sluta jobba för dagen och åka hem.

Under förhöret hade Scotten bara erkänt att han kört en upplåst husbil med nycklarna i och parkerat den så att den behövde repareras för sjuttiofemtusen kronor.

Bröderna från Polen kunde närmast ses som brottsoffer, för med all sannolikhet hade de blivit drogade och därefter rånade på hela sin reskassa.

Enligt egen uppgift rörde det sig om sjutusenfyrahundra kronor.

Visserligen hade kniven återfunnits precis i närheten av deras skåpbil, men den kunde ännu inte bindas varken till dem eller Scotten.

Jesper visste förbannat väl, att åklagaren omedelbart skulle ge honom bakläxa om han inte hade mer att komma med.

När han skulle sätta fast låset till sin cykel på pakethållaren, såg han plötsligt en papperslapp fastklämd där. Av erfarenhet tog han först på sig sina tunna skinnhandskar, för att inte kladda dit sina egna fingeravtryck som kanske skulle ställa till det framöver.

Efter att ha vecklat ut lappen såg han en slarvigt skriven text med blyertspenna där det stod:

"Jag vill vara anonym, men när jag kom söderifrån i morse, så åkte jag förbi en polskregistrerad skåpbil som stod parkerad på en busshållplats. Bakom den var en röd kombi parkerad, möjligtvis en passat."

Jesper höll på att bli vansinnig för att lappen var så otydligt skriven, för mer än hälften av orden hade han fått gissa sig till.
För att om möjligt kunna spåra den som lämnat meddelandet och fastställa om han hade tytt kråkfötterna rätt, gick han in igen för att se till att texten skulle undersökas noga av teknikerna.
-Vi har en preliminär rapport färdig i morgon bitti, svarade Jan, som var måttligt road av att få en fet arbetsuppgift precis när han tänkte gå för dagen.
-Vad bra, kontrollera om ni hittar några fingeravtryck som överensstämmer med någon i våra register, sade Jesper och gick ut för att ta sin cykel och åka hem.

Kapitel 15

Jesper var tidigt på jobbet nästa dag, nästan en timme innan han började. Han hade vaknat redan vid två och inte kunnat somna om. Det var precis som att hans hjärna fått sin beskärda del av djupsömn då. Sedan dess hade tankarna gått åt alla möjliga håll för att komma närmare en lösning av fallet.

Det första han gjorde när han kom till stationen, var att sätta på en rejäl balja kaffe.

När han sedan satte sig ner vid sin dator med en rykande het kopp, såg han att det kommit ett mail från lab-folket som kunde vara intressant. Där stod det att fotspåren man funnit utanför både husbilen och skåpbilen, var storlek fyrtiofem och hade likadant mönster, vilket pekade på att det var samma gärningsman. Även inne i fordonen fanns samma spår och dessutom saliv, som om personen nyst eller hostat inne i dem, med tanke på hur stor spridningen var.

Jesper var van vid att spår och tips strömmade in under ett fall, men han tyckte inte riktigt om läget som det var nu. Pressen på att de skulle gripa en gärningsman snarast, ökade för varje timme som gick. Det var inte långt till den verkliga turistsäsongen utbröt, och att ha en mördare längs vägarna som kunde slå till när som helst var rena mardrömmen. Fallet kändes så komplext. Det som försvårade det mest var, att de trots all ny teknik baserat på DNA-spår, så stod de och stampade på samma ställe.

I Jespers drömvärld, skulle alla få lämna sitt DNA till ett register när de föddes, så skulle det knappt finnas ett enda brott som förblev ouppklarat. Fick man dessutom köra upp en spårsändare i arslet på de som trots allt begick ett brott, skulle det bli tunt bland återfallsförbrytarna, tänkte Jesper och log.

När han satt där och filosoferade, ringde hans tjänstetelefon. Först tänkte han strunta i att svara för det var en halvtimme tills han gick på sitt skift. Den som ringde verkade dock angelägen, så till slut tryckte han på grön lur för att höra vad det gällde.

-Hej, jag heter Lotta Nilsson och har precis hittat en gammal trasig trälåda i strandkanten. Det ser ut som att det finns en del rostiga behållare i den, sade hon.

-Jaha, vad gjorde du på stranden så här dags och var exakt har du hittat den någonstans?, frågade Jesper.

-Jag är sportfiskare och är väl ute några morgnar i veckan, särskilt på våren. Lådan ligger en bit från Femöres båthamn, svarade Lotta.

-Vi kommer ut och ser efter vad det är och rör den inte, sade Jesper.

-Måste jag vänta tills ni kommer? Min buss går om en timme till mitt arbete, undrade Lotta.

-Jag är där om en kvart och jag vill att du möter mig vid parkeringen, så får du visa mig var den ligger. Beträffande bussen som går om en timme, får vi lösa det på något sätt, svarade Jesper medan han funderade på om det fanns någon möjlighet att få med sig någon ut. De som arbetat natt skulle snart gå av och var säkert måttligt roade av att jobba över.

Precis då kom Leila in genom dörren.

-Vi ska åka till Femöre direkt, jag berättar på vägen, sade Jesper och klunkade i sig kaffet som hunnit svalna.

-Något hett tips på gång? undrade Leila när hon hämtat sin utrustning och de gick ut till bilen.

-En viss Lotta Nilsson har hittat en trasig trälåda med rostiga behållare i.

-Men tänk om de läcker, ska jag få dit räddningstjänsten med? frågade Leila.

-Ja gör det för säkerhets skull, svarade Jesper.

När de kom fram en kvart senare såg de en kvinna med fiskespö på parkeringsplatsen.

-Hej, man ser faktiskt lådan härifrån, sade Lotta och pekade.

-Jag ser den, hinner du till jobbet om du sticker direkt? undrade Jesper.

-Jo, det gör jag, var det något mer? frågade Lotta.

-Nej det är allt för tillfället. Jag har ditt telefonnummer, så om det dyker upp något mer ringer jag, svarade Jesper.

-Tusan, det var en stor låda! utbrast Leila när hon också fick syn på den.

-Ja, och ändå är jag inte riktigt säker på hur mycket vi ser av den härifrån, så vi får gå lite närmare och titta, sade Jesper.

Det var högst trehundra meter dit, men det tog ändå ganska lång tid innan de kom fram. Sulorna på deras gummistövlar hittade knappt något fäste alls på de såphala små stenarna som låg i vattenbrynet.

-Slår jag på röven nu, har jag ingen nytta av att jag tog på mig stövlarna nyss för då blir jag blöt ändå, sade

Jesper.

-Lite nytta gör de nog, för du kanske inte blir blöt om fötterna i alla fall, svarade Leila och skrattade.

-Drattar jag på arslet och blir genomsur, "hemligstämplar" jag händelsen, så då kan du inte nämna något om det på nästa personalfest, svarade Jesper och flinade.

-Ja det kan du göra. Jag är beredd med min mobilkamera ändå. Kan väl filma och sedan ha den för privat bruk, svarade Leila leende.

-Nu ser jag innehållet i lådan och det ser ut som om en del saknas, sade Jesper.

-Menar du att de ramlat ut tidigare eller har någon varit här och hämtat dem? frågade Leila.

-Det vet jag inte. Det syns inte till några fler behållare i vattnet, men vi får skicka hit en dykare och se efter.

-Räddningstjänsten kommer visst nu, skall jag spärra av området? frågade Leila.

-Ja gör det. Vi vet visserligen inte vad behållarna innehåller, men vi får räkna med att det är farligt. Ring teknikerna och se till att de kommer hit snarast, så vi får veta vad det är i dem.

-Det finns fotspår där, sade Leila och pekade på en plats knappt en meter från lådan.

-Ja det ser jag nu och dem har inte jag gjort. Dessutom ser de ut att vara betydligt större än vad sportfiskaren Lotta kunnat åstadkomma. Vi får be teknikerna att titta på dem med.

-Förbaskade allergi, det är så typiskt att man skall bli sådan här varenda år under den absolut finaste tiden, sade Stefan med rinnande ögon.

-Ja, det verkar jobbigt. Det är många som har besvär med det. Hur känns det när du är ute vid sommarstugan, blir allergin ännu värre då? undrade Ludvig.

-Där är det betydligt lättare faktiskt. Kan väl bero på att där är tämligen fritt från björk, vilket är värst för mig, förklarade Stefan.

-Okej! Jag har betat av det mesta som behövde göras akut här, så jag sticker hem och städar lägenheten. Ska du jobba över ikväll med? frågade Ludvig.

-Ja, jag sitter nog och pular lite med datorn en stund för frugan har ändå yoga-kurs i kväll, svarade Stefan och log.

-Okej, då ses vi imorgon, sade Ludvig och gick mot ytterdörren.

-Visst, hejdå, svarade Stefan medan han gick och satte sig i sin sköna kontorsstol.

Ludvig tänkte passa på att handla lite till fredagskvällen på vägen hem. Han tänkte bjuda Ebba på tacos när hon kom med tåget, för det brukade de flesta som han kände tycka om. Fördelen med den rätten var att man själv kunde lägga i det man tyckte passade, och mängden gick ju att anpassa också. Tyvärr kom han på när han stod i kassan att han hade glömt det viktigaste, nötfärs! Det får jag väl köpa imorgon då, tänkte Ludvig när han svalt den värsta förtreten och var på väg ut från affären.

När väl teknikerna dök upp, sa de att Jesper och Leila

kunde avvika, för det fanns inte så mycket mer för dem att göra vid Femöre. Avspärrningsbanden lovade de att plocka ner när de var färdiga och ta med till stationen.

-Jaha, då åker vi då, sade Jesper till Leila.

-Perfekt, det är ju lagom för lunch så här dags. Ska vi äta den i Oxelösund? undrade Leila som var vrålhungrig.

-Ja det kan vi göra, kör du till något bra ställe som du gillar, sade Jesper och kastade bilnyckeln till henne.

-Då blir det ärtsoppa och pannkakor för det är torsdag, sade Leila medan hon låste upp polisbilen.

-Ja det blir bra. Bäst bara att vi tar av oss våra stövlar först, för de luktar gammal sur tång, sade Jesper och tog fram deras skor från bagageutrymmet.

-Ja, det kan nog vara läge för det, svarade Leila.

Tillbaka på stationen en timme senare, såg Jesper att han fått ett utlåtande från laboratoriet på mailen. Där stod att de funnit en del värdesaker bestående av halsband och broscher i silver till ett marknadsvärde på runt tiotusen kronor. Fyndet hade gjorts i ett lönnfack i skåpbilens skjutdörr på högersidan.

-Det finns kanske grund för att häkta bröderna, det här med att det skulle finnas några värdesaker i deras fordon har de ju nekat till tidigare, sade Jesper till Leila.

-Ojdå, du menar att de kan vara skyldiga till rånmordet och sedan råkat ut för ett rån själva, svarade hon.

-Det verkar fullt tänkbart. Visserligen finns inte deras fingeravtryck på kniven vi hittat, men det behövs ju bara att de har använt handskar vid tillfället, svarade Jesper.

145

-Ska vi ta in dem till förhör direkt, eller ska vi vänta? undrade Leila.

-Vi väntar lite och ser om vi får svar på om det finns spår på silverföremålen. Ser vi att den mördade kvinnans DNA finns på dem, så räcker det långt.

-Dessutom har man funnit ett hårstrå tillhörande Scotten i det levrade blodet från kvinnan på heltäckningsmattan i husbilen. Det finns en liten möjlighet att det har blåst dit, men det är inte speciellt troligt.

-Det är förstås likadant med honom då, att vi måste hitta spår på mordvapnet för en fällande dom, sade Leila bekymrat.

-Jo, så är det ju. Men åklagaren är på vår sida idag, så hon har beslutat att häkta Scotten också. Det som talar för att han är skyldig ännu mer nu, är att vi vet hur han har förflyttat sig, nämligen till fots och med cykel. De avstånd det rör sig om är absolut något som i stort sett vem som helst skulle klara av, fortsatte Jesper.

-Ja, det har du ju rätt i. Och det var ju faktiskt inte mer än några kilometer från skåpbilen som vi kom ifatt honom när han cyklade, svarade Leila.

-Jag tycker vi gör så här nu när vi har svårt att för tillfället hitta fler bevis mot bröderna och Scotten. Vi försöker titta lite extra efter den röda passaten som nämnts i utredningen. Sedan tror jag att det är läge för att åka ut till Nyköpingsbro och titta lite själva på hur omgivningarna ser ut där.

-Angående det sista du sade, typ försöka sätta sig in i hur gärningsmannen agerat, tror jag kan vara givande. På polishögskolan nämnde de just det som nyckeln till att många brott kunde lösas, sade Leila.

-Hur går det med bilen då, har vi fått något napp där? frågade Jesper.

-Vi har gått så långt tillbaka som en månad, och under den tiden har fyra fordon av den aktuella typen stulits, varav två har återfunnits utbrända. De två som brunnit är polisanmälda av försäkringsbolagen för att de misstänker att det är arrangerade bedrägerier av bilägarna själva. De två som återstår är efterlysta, svarade Leila.

-Hur stort område är sökningen gjord på? Fyra passater verkar lite på en månad, tyckte Jesper.

-Fem mil från Nyköpingsbro, svarade Leila.

-Det är åt skogen för lite! Utöka området till femton mil så vi får med Linköping och Stockholm med, utbrast Jesper med skärpa i rösten.

-Jag sätter fart på datapoliserna direkt, sade Leila.

-Bra, sedan åker vi ut till Nyköpingsbro och rekar, svarade han.

På väg till Nyköpingsbro ringde kriminaltekniker Lisbeth till Jesper. Hon berättade att fotavtrycket man funnit vid lådan, stämde överens med avtrycken man hittat vid fordonen tidigare. Att behållarna innehöll senapsgas visste du väl redan. Det är allt för tillfället, men du vet att jag återkommer så fort det dyker upp något nytt, tillade hon.

-Vad fasen ska det här betyda? utbrast Leila.

-Det kan man verkligen undra, kanske behållarnas innehåll kan ge oss en del av lösningen, svarade Jesper.

Ute vid Nyköpingsbro gick de till platsen där husbilen körde av vägen och hamnat på en stor sten. Det fanns tydliga skrapmärken på stenen, men som väl var hade det inte läckt ut några vätskor som kunnat skada naturen, konstaterade de.

-Jag har för mig att när vi kom hit första gången, var det någon som kräkts här någonstans. Har det också analyserats? undrade Leila.

-Ja det har kommit svar och det visade sig att den var nästan ett dygn gammal när jag såg den. Med andra ord så är den inte av intresse, svarade Jesper.

-Det var nog här Scotten tog sig förbi viltstängslet, för här syns det att någon har krupit under, fortsatte hon.

-Ja, plus att hundpatrullen klämt sig igenom där med, sade Jesper och började gapskratta.

-Vad är det som är så kul? undrade Leila som även hon började garva, fast åt Jespers kluckande läte.

-Kan du tänka dig, hundförare fete Ohlsson på drygt 160 kilo, pressa sig ner under stängslet! Det är ju ett under att det finns något av nätet kvar, fortsatte Jesper.

-Jo, det var säkert en syn, svarade Leila och skrattade.

-Det kunde gärna varit tätare mellan gatlyktorna här, förmodligen skulle det avskräcka från mycket brottslighet på hela området, fortsatte Jesper.

-Säkert är det så, troligtvis sker massor med omlastningar och affärer här som vi inte har en aning om, svarade hon.

-Tänk om man kunde ha väktare som gick här dygnet runt, eller åtminstone kamerabevakning överallt, sade Jesper.

-Någon gång i framtiden kanske det blir så, svarade hon.

-Jag tror inte vi kommer längre här, men det kändes ändå rätt att se platsen igen. Man fick liksom avstånd och höjdskillnader mer konkreta, sade han.

-Jag förstår hur du menar och jag håller med.

-Då åker vi tillbaka mot stan igen, sade Jesper och började gå mot polisbilen.

När de nästan var framme vid den, åkte en röd passat med släpkärra förbi. Det var minst tre personer i bilen och den som satt i baksätet tittade oroligt på poliserna när han såg dem.

Med en blick till varandra utan att säga något, rusade Jesper och Leila den sista biten till sin bil och hoppade in.

När de kom iväg syntes inte bilen med släpkärra längre, för den hade ökat farten maximalt därifrån.

-De sticker norrut, öka farten! skrek Jesper med betydligt högre röst än vad som egentligen erfordrades.

-Javisst, sade Leila och satte på sirener och blåljus. I slutet av påfartssträckan när den äntligen började rätas ut, trampade hon fullt på gaspedalen. Automatlådan växlade ner och ett brölande läte hördes från motorn på den råstarka V 90:an.

-Så där ska det låta, bra! sade Jesper och myste.

-Hur tänker man när man försöker köra ifrån en ny polisbil med en passat som har en släpkärra tillkopplad? undrade Leila och lade sig i omkörningsfilen.

Bilen de förföljde var nu bara femhundra meter framför dem, men de närmade sig den hela tiden.

149

-Det är väl någon som tänker med det han sitter på. Kör om och gå in framför, sade Jesper när de bara hade hundra meter kvar till de som försökte fly.

Av någon anledning som kanske var reflexmässig, tittade Leila snabbt till på hastighetsmätaren som stod på tvåhundra kilometer i timmen. När hon såg upp igen, märkte hon att under tiden hon tittat ner, hade hon omedvetet förflyttat polisbilen nästan en meter i sidled mot den de jagade. Försiktigt vred Leila ratten lite åt vänster för att placera bilen helt i omkörningsfilen igen. Allt vid sidan av vägen bara flimrade förbi, och för första gången i sitt liv uppplevde hon tunnelseende på riktigt.

Plötsligt såg hon att baksätespassageraren i passaten snabbt sträckte ut sin hand genom fönstret som tydligen hissats ner. Det var inte en sådan rörelse man förknippar med att man hälsar eller ger upp. Snarare som om personen kastade ut något på vägbanan, där polisbilen inom ett par sekunder skulle passera i över tvåhundra knyck.

Varken Leila eller Jesper hade någonsin tidigare fått punktering på alla fyra hjulen samtidigt och aldrig i den här hastigheten.

En avgörande skillnad var, att den enorma påfrestningen som däcken utsattes för, gjorde att de trasades sönder på nolltid och gummirester flög vida omkring.

Leila försökte återfå kontrollen på polisbilen, men utan att lyckas. Efter att ha snurrat ett och ett halvt varv, tog färden slut i diket som avskiljde körbanorna.

-Gick det bra med dig? frågade Jesper skärrat.

-Jo tack med mig är det ingen fara, men vi måste byta däcken innan vi åker vidare, svarade Leila panikslagen.

-Leila, du är i chock av en förklarlig anledning. Sitt bara still och andas lugnt så ser jag till att vi kommer härifrån. Jag ska bara ordna så att bilen med släpkärra hejdas.

Medan Jesper tog fram ett par skyltar från bagageutrymmet för att varna andra trafikanter, larmade han centralen och informerade om läget. När han gått tillbaka ett par hundra meter, såg han att det var fotanglar som spridits i omkörningsfilen. Sju bilar till och en långtradare hade kört på dem och stod nu farligt till för trafiken som närmade sig.

Jesper satte upp skylten det stod "Olycka" på och placerade den mitt i omkörningsfilen.

Sikten var god, så han bedömde att de som kom söderifrån kunde han stoppa och be dem att passera långsamt för att inte köra på några fotanglar. Bredvid sig ställde han den andra skylten, den det stod "Polis" på.

Där han stod nu, såg han fotanglarna tydligt i medljuset som rådde. De var av den normalstora typen, drygt en decimeter.

Bara några minuter senare fick en polishelikopter som kontrollerade fortkörare på E4:an syn på de som flydde. En spikmatta förbereddes för att läggas ut ett par mil längre fram, medan en annan patrull stängde av vägen för efterkommande fordon.

Jesper var tacksam att vägen var en sådan pulsåder genom Sverige, för på grund av det, så fanns det snabbt massor av resurser till hands.

När han kom tillbaka till Leila såg han till sin lättnad att hon satt kvar i deras polisbil. Utanför hade några som fått sina däck förstörda samlats och undrade vad de skulle ta sig till.

-Det enda vi kan råda er till är att kontakta era försäkringsbolag, sade Jesper innan han såg till att samtliga fordon förflyttades till vägrenen.

-Ingen person får vistas ute på körbanan. Vi har sluppit personskador här hittills, och så skall det förbli, ropade Leila som återhämtat sig.

På polisradion fick de veta att passaten med släp stannat precis innan spikmattan och omhändertagits. De tre personerna som färdats i bilen, skulle snart åka in till stationen för att förhöras. Teknikerna som för stunden höll på att kontrollera alla behållarnas innehåll, fick ytterligare en arbetsuppgift anbefalld.

Även passaten och släpkärran skulle undersökas så snart som möjligt.

Man antog att svaret på varför gärningsmännen i den röda passaten försökte undkomma, fanns i lasten de hade med sig.

Det kunde inte heller uteslutas att de redan var efterlysta, för deras identiteter var ännu inte fastställda.

-Vi får räkna med en lång kväll på jobbet, sade Jesper medan han och Leila fick skjuts av en kollega till stationen.

-Jag förstår det. Eftersom det var vi som var inblandade i det här, så är det ju lämpligast att vi sköter förhören, svarade Leila.

-Precis, svarade Jesper och lade pannan i djupa veck när han funderade på allt som inträffat.

Kapitel 16

Oskar Scotts advokat hade bokat in ett möte med honom för att diskutera häktningsbeslutet. Precis klockan tio stegade hon in i rummet de blivit tilldelade. Med sig hade hon sin portfölj som innehöll en bärbar dator och en mapp med anteckningar.

Scotten som redan var på plats, iakttog henne från topp till tå och förstod varför hans farbror blivit förtjust i henne. Figuren var perfekt och kläderna hon bar matchade fullständigt, tyckte han i alla fall. Trots det så var hon alldeles för gammal för att falla honom i smaken, det var i vart fall inget som så att säga fick honom att gå igång.

-Hej Scotten, hur är läget? frågade Annie.

-Det är väl rätt bra, det är bara det att jag hatar att sitta här, särskilt som jag anser att jag är helt oskyldig.

-Ja, det var väl lite det jag ville prata om, hur oskyldig du egentligen är, svarade Annie.

Teknikerna har visst funnit ett hårstrå som tillhör dig i den mördade kvinnans blod. Jag vill att du förklarar det för mig, sade advokaten.

-Inte en aning, vad jag minns så har jag bara befunnit mig bakom ratten när jag vistades i husbilen. Du nämnde något om en kniv senast, finns mina fingeravtryck på den? undrade Oskar.

-Nej det gör de inte, men det behövs ju bara att du burit handskar när du höll i den. Du berättade sist vi pratades vid att du hade någon form av minneslucka från den aktuella tiden, är det något som klarnat nu när det gått

153

ett tag? frågade hon.

-Nej inte ett skit. Men ska allt falla på att de har hittat ett hårstrå från mig på offret, behövs det inte mer? undrade Scotten.

-Jo, det är ett gränsfall. Åklagarens dröm är väl ett erkännande eller att man trots allt hittar ett DNA på kniven som kan binda förövaren till gärningen, fortsatte advokaten.

-Jag är ledsen, det som hände i husbilen är som i en dimma för mig. Jag har ju sagt att det luktade någon sorts gas i den. Själv tror jag att den sövde ner mig och att jag var borta några timmar. Det låter väl ganska troligt, för inte fasen hade jag kört av vägen annars, fortsatte Oskar.

-Det ligger en poäng i det, men som jag antydde nyss, det kan bli upp till vad juryn anser som blir avgörande här. Det är det väl i och för sig alltid, men i det här fallet känns det som om vad som helst kan hända.

-Så du menar att jag kan bli fälld för dubbelmord, trots att jag inte minns ett dugg av att jag utfört det, utbrast Scotten förtvivlat och som för sitt inre såg ett livstidsstraff framför sig.

-Jag tror knappast det, men visst, i värsta fall kan det bli så. En sådan dom går givetvis att överklaga men utgången i hovrätten är ju även den väldigt oförutsägbar i det här målet, svarade Annie.

-Så vad gör vi nu då, hur kan du hjälpa mig? frågade Oskar samtidigt som han kände att hans ögon fylldes av tårar.

-Än ska vi inte kasta in handduken. Är det som du sagt till mig att du inte minns något, vilket man normalt sett gör, så blir det förmodligen en ordentlig sinnesundersökning gjord på dig. Då kan det istället bli tal om rättspsykiatrisk vård, svarade advokaten.

-Jag är väl för tusan inte dum i huvudet bara för att jag inte minns något? Jag har ju för fan blivit drogad! skrek Scotten med hysterisk stämma.

-Jag hör att du säger det, men som jag sagt, det är åklagarens uppgift att bevisa att du utfört gärningen. Kan hon inte det, så släpps du fri. Visserligen får du räkna med att stå för reparationerna av husbilen, men det går att lösa med en avbetalningsplan, så det är inget stort problem i sammanhanget.

-Du måste hjälpa mig så jag kommer ut härifrån, för jag blir tokig av att sitta här, fortsatte Oskar.

-Jag gör vad jag kan, ska du veta. Det finns dessutom fler misstänkta för det här. En viss röd passat har nyligen stoppats och förhör har hållits av dem som åkte i den. Vad utgången blev av det vet jag inte och lär inte få göra det före måndag heller, för den delen. Tyvärr har jag inte mer tid att samtala med dig nu men vi håller kontakten, sade Annie och reste sig.

-Tack i alla fall, sade Scotten och sänkte blicken mot golvet, för han hatade sig själv för att han satt och grät inför någon annan.

-Jag tror inte att du är skyldig till det här, jag ska bara se till att finna bevis för det, sade Annie och klappade Oskar på axeln innan hon gick ut från rummet.

Oskar satt kvar en stund innan de hämtade honom. Under tiden tänkte han på Lisa, som måste tycka att han var en idiot som hade svikit henne.

Det hade hunnit bli kväll och solen var på väg ner vid stationen där Ludvig stod och väntade på Ebba. Precis när han gått hemifrån för att möta henne, hade han fått ett meddelande där hon skrev att tåget var runt en halvtimme försenat. Först tänkte han gått in igen och grejat en stund, men hade efter lite velande beslutat sig för att gå direkt ändå och vänta på att tåget skulle komma. Detta var något han ångrade nu, för han hade inte tagit på sig tillräckligt mycket kläder, så nu började han frysa. Mitt på dagen hade det varit riktigt skönt, så pass att han och Stefan suttit ute med varsin matlåda på jobbet och käkat.

Inte ens när han gick hemifrån nyss hade han frusit, mycket beroende på att han precis städat klart sin lägenhet och blivit genomvarm. Allt för att det skulle se fräscht ut när Ebba kom.

Plötsligt när han stod där, hörde han att han fick ett sms. Det var från Stefan och han skrev att han nu hade pengar till honom och Oskar i var sitt kuvert.

Ludvig svarade att det var bra, men för egen del behövde han dem inte förrän tidigast på måndag. Han ville inte få en massa frågor av Ebba om varför han gick med sjuttiofemtusen på sig, det skulle bara bli krångligt. Bäst vore om hon aldrig fick reda på varifrån stålarna kom, och han skulle göra allt för att det förblev så.

Att Oskar hade pengar att hämta kunde ju vara kul för honom att veta, men där han satt nu var det absolut inte läge för att ge honom dem.

Nästan samtidigt som Ludvig avslutat sms:andet, kände han ett par varma händer som kommit smygande bakifrån och nu höll för hans ögon.

-Hej älskling, vad trevligt att du kom och mötte mig, sade Ebba.

-Åh, sötnos, klart jag gör! Jag vill ju vara så mycket som möjligt med dig. Om du vill får du gärna ge mig en kram med, för jag håller på att frysa ihjäl, svarade Ludvig.

-Jag känner att du är som en isbit. På tåget hade värmen hängt sig, så det var som en rullande bastu, sade Ebba och log.

Den rejäla kramen tillsammans med en lång kyss, fick fart på blodomloppet, så han glömde nästan bort att han frös för en liten stund sedan.

-Nu går vi hem och käkar, hoppas att du är hungrig, fortsatte Ludvig.

-Det ser jag fram emot. Jag har faktiskt inte ätit något sedan frukost så det ska smaka bra, svarade Ebba medan de gick mot Ludvigs lägenhet.

Förhören med personerna som blivit stoppade på E4:an, hade gått riktigt trögt. Dels var tolken dålig på lettiska och sedan hade de lyckats få tag på en advokat som gjorde allt för att tala om för dem vilka rättigheter de hade i Sverige.

Advokaten hävdade att de känt sig jagade av polisbilen och att det var därför som de ökat farten så mycket de kunde. Att det var baksätespassageraren som kastat ut fotanglarna, var det inte någon av dem som ville kännas vid.

Dessutom hade de fått tipset om att de skulle skylla på varandra, om var de satt i passaten under färden.

Efteråt tog Jesper med Leila in på sitt kontor för att prata om det hela.

-Ja, vad är din slutsats av det här? frågade Jesper.

-Det råder ju ingen tvekan om att de varit ute på en stöldturnè, för släpet och bagageutrymmet var ju fullt av typiska sommarstuge-föremål. Sedan är det ju så tröttsamt att höra när de sitter och ljuger oss rakt upp i ansiktet. Menar du att de kan gå fria, bara för att de har ett sådant rövhål till advokat som säger hur de ska göra för att slippa lindrigare undan? undrade Leila.

-Vi har ett trumfkort kvar som jag tror räcker långt för att fälla dem. Vår kamera i polisbilen går ju nämligen på automatiskt vid utryckning, så på den kan vi säkert identifiera vem som gjorde vad, svarade Jesper och skrattade lite.

-Vi får hoppas det. Tror du att de är inblandade i rånmordet med? frågade Leila.

-Det verkar inte speciellt troligt. Vi får spåra var stöldgodset hör hemma, det kan ju säga en del om var de befunnit sig vid olika tidpunkter, svarade Jesper.

-Advokaten hävdar säkert att de köpt allt på loppis eller blocket i god tro, sade Leila uppgivet.

-Just därför får vi kontrollera med andra distrikt vilka stöldanmälningar som gjorts på sistone. Jag ska göra allt för att klämma åt dem jävlarna. De kunde mycket väl tagit livet av oss med fotanglarna idag, sade Jesper och blev alldeles högröd i ansiktet när han tänkte på det.

När Leila kom ut från stationen och skulle cykla hem, var det helt becksvart ute. Gatlampan som var placerad vid personalens cykelställ var trasig och hade så varit i över två månader. Hon hade hört Jesper ringa och tala om att den behövde bytas, men av någon anledning hade det inte blivit gjort. I sin kasse där hon brukade ha sin smörgåsbox, förvarade hon även cykelbelysningen så att ingen skulle sno den. Precis när hon trodde att framlyktan satt på plats, ramlade den i backen och de fyra batterierna rullade åt varsitt håll.

Leila svor så tyst hon kunde, samtidigt som hon plockade fram sin mobiltelefon och tände dess ficklampa.

Till allt elände fungerade inte lampaset när hon fått batterierna på plats, så hon fick leda cykeln hem. Att trampa runt i mörkret utan lyse hade hon säkert kunnat göra innan hon började jobba som polis, men inte nu.

Nästan hemma hajade hon till av att det lyste i hennes kök. Första tanken var att hon glömt släcka, innan hon kom på den egentliga orsaken.

Petter som fått en nyckel hade lovat att fixa något gott att äta, vilket hon totalt glömt bort! På väg uppför trappan försökte hon komma på någon förklaring till varför hon inte hört av sig, men avbröts av att Petter öppnade dörren åt henne.

-Hej, du anar inte vilken skitdag jag haft på jobbet. Jag kom precis därifrån. Antar att det varit körigt för dig med, så vad säger du, ska jag sticka och köpa varsin pizza? frågade Petter.

-Ja gärna. jag kan duka så länge. Var snäll och köp med en stor sallad för det gillar jag, svarade Leila och kände sig genast lite bättre till mods.

-Helst vill jag inte berätta varför min dag varit helt värdelös. Vill du säga något om din? undrade Petter när

159

de satt sig i TV-rummet för att äta.

-Det kan vi gärna hoppa över.

Vad gott det luktar, är det kebabpizza med vitlökssås?
frågade Leila.

-Ja, det är min favorit och jag hoppas att du gillar det
med, svarade Petter.

-Det är helt klart den jag tycker bäst om också, sade
Leila och kysste honom.

Efter bara några tuggor älskade de med varandra i
soffan, utan att bry sig det minsta om att maten
kallnade.

-Du får ursäkta om min andedräkt luktar vitlök, men det
gör faktiskt din med, sade Petter leende en stund
senare.

-Det där var inte speciellt romantiskt sagt till en tjej.
Komma och påstå att jag luktar vitlök! Som straff kan du
sticka ner till kiosken och köpa en chokladkaka, så
sätter jag på kaffe under tiden, sade Leila och försökte
se allvarlig ut.

Medan han rusade ner till kiosken innan de stängde,
tänkte Leila på hur otroligt den här dagen utvecklat sig,
och hur skönt det var att hon blivit tillsammans med
Petter.

Hon tänkte på vad hennes chef hade sagt för några
dagar sedan, om att det kanske var hennes blivande
man som satt utanför receptionen på jobbet och hon
började le.

På väg till klädbutiken ringde Lisa till Ebba, som inte
svarade. Kanske hon sover än, tänkte Lisa men kunde

ändå inte låta bli att försöka två minuter senare.

-Hej det är Ebba, svarade en sömnig röst.

-Godmorgon, Lisa här, ursäkta om jag väckte dig. Jag inser först nu att de som kan gärna sover ut på lördagsmorgonen, men det tänkte jag inte alls på när jag ringde dig, för jag är på väg till arbetet. Förlåt mig, fortsatte hon.

-Det gör inget för klockan är snart nio, så det är ändå dags att gå upp. Vi skulle ju träffas och snacka, när passar det dig? undrade Ebba.

-Jag tänkte om du ville komma hem till mig i eftermiddag någon gång framåt tre och fika, skulle det passa? frågade Lisa.

-Ja visst, det går bra. Om du vill så kan jag tidigare också, sade Ebba.

-Jag jobbar till klockan två, så det blir värre, svarade Lisa.

-Ibland är mitt minne som hos en fiskpinne, du sade ju nyss att du var på väg till jobbet. Jag kommer gärna vid tre-tiden. Ska jag ta med något? undrade Ebba och skrattade.

-Nej det behöver du inte. Jag gjorde en kladdkaka igår och glass har jag i frysen. Nu är jag framme vid jobbet men vi ses sedan då, sade Lisa.

-Jag älskar kladdkaka! Visst vi syns, svarade Ebba och tryckte på röd lur.

Inne från sovrummet hörde hon Ludvig säga att hon kunde komma och lägga sig igen, men hon hade andra planer.

-Upp nu så käkar vi frukost! Sedan kan vi packa ner

taco-resterna från igår i en kylbag och ta en lunch ute vid havet, ropade Ebba hurtigt.

-Var får du all energi ifrån? frågade Ludvig och släpade sig upp ur sängen.

-Du ser väl själv hur fint väder det är! Klart att vi måste passa på att vara ute då, fortsatte Ebba medan hon laddade kaffebryggaren.

-Jag duschar lite snabbt före frukost om det är okej, för då vaknar jag, sade han och gick mot badrummet.

-Visst, gör det, sade hon och plockade fram det de skulle äta.

-Jag har nog förresten ingen kylbag, vad gör vi då? undrade Ludvig när han kom ut från duschen.

-Det löser sig ändå. Vi kan ta min ryggsäck och så lägger vi käket i en påse med kylklamp i. Det håller sig några timmar, svarade Ebba.

-Vill du duscha innan frukost med? undrade Ludvig.

-Ja det kan jag göra, svarade hon.

Sedan gjorde de färdiga knyten med de mjuka tortillabröden som blivit över och slog in dem i folie.

-Där ser du att det inte var för mycket mat jag fixade igår, sade Ludvig och log.

-Du hade gjort så att det räckte till åtta personer! Men visst, det ska smaka toppen med det här sedan, svarade Ebba och skrattade.

Kapitel 17

Oskar trodde knappt att det var sant det som hänt den gångna veckan. Att först bli frisläppt under måndagen och bara några dagar senare sitta inburad igen. Natten som varit hade han vaknat flera gånger och trott att det bara var en mardröm, men så var ju inte fallet.
Fortfarande var allt som skett i husbilen dolt som i en dimma för honom.
Blev han inspärrad på livstid för dubbelmord, visste han inte om han skulle stå ut. Att Lisa inte ville se honom längre då och ingen annan heller för den delen, var en självklarhet.
Bara det att han var misstänkt för ett så grovt brott, var förmodligen tillräckligt för att han skulle bannlysas för all framtid.
Fast det var lördag morgon, fick han veta av vakterna att hans advokat var på ingång.
Några minuter senare satt han i ett rum och väntade på att hon skulle dyka upp.
-God morgon Scotten, hur står det till? frågade Annie Stolpe.
-Morrn, jag känner mig faktiskt rätt så nere. Har du några goda nyheter till mig? undrade Oskar.
-Eventuellt, men det är för tidigt att uttala sig om. Åklagaren som beslöt att du skulle häktas, har blivit allvarligt sjuk och kommer att kopplas bort från fallet.
Den som ska tillträda känner jag, och det jag kan säga om honom är att vi för det mesta har haft samma åsikt.
Har det varit någon som inte bevismängden ansetts vara

163

tillräcklig mot, så har den personen släppts, utan en massa omvägar. Vi får se när han satt sig in i fallet vad han kommer fram till, fortsatte Annie.

-Finns det fler som är insyltade i husbilsmorden som sitter inne och i så fall hur ser det ut för dem? undrade Scotten.

-Som du förstår så är det personen som binds till att ha hållit i kniven, som sitter värst till. Problemet för utredarna är att det finns DNA-spår längst upp på knivhandtaget, som inte stämmer in med någon i registren. Tydligen har man även kunnat fastställa att spåren är så pass färska, att det inte anses troligt att de tillhör någon annan än gärningsmannen.

-Hur länge måste jag sitta här och vänta då? frågade Oskar.

-Först om ett par dagar när helgen är över kan det komma ett besked. Du får försöka härda ut och hoppas att det hårstrå som man fann på ett av liken tillhörande dig, anses ha blåst dit, sade advokaten.

-Skulle inte du vara ledig idag? undrade Scotten.

-Jo egentligen, men jag ville se hur det stod till med dig och berätta om bytet av åklagare. Som sagt så tror jag att det innebär en fördel för oss, sade Annie och reste på sig för att gå.

-Du får gärna höra av dig när du vet mer, sade Scotten.

-Det ska jag göra, hejdå, sade Annie och gick.

För att fördriva tiden och samtidigt få något att tänka på, bad Scotten om att få köra ett träningspass i gymmet. Till svar gav de att det fick bli först efter lunch, för innan dess fick de inte släppa in fler där. Så länge hittade han en sliten biltidning som fick fungera som tidsfördriv ett tag.

Om lördagen krupit fram, så var det ingenting mot vad söndagen gjorde. Oskar hoppades att måndagen skulle vara lite mer händelserik och att den som hållit i kniven kunde spåras.

Plötsligt kom han på att det kanske var han själv som hållit i den. Tänk om personalen på labbet blandat ihop provsvaren och ännu inte upptäckt att DNA-spåren var hans! En obehaglig känsla spred sig genom kroppen och han stelnade till av rädsla.

Efter en hektisk arbetsvecka njöt Leila av att bara chilla med Petter. Han verkade ha samma behov, och de tyckte båda att det var skönt att inte ha en massa inplanerat. Trots att de inte gjorde något speciellt, tycktes tiden skena fram mot en ny arbetsvecka, som dessutom innebar att båda skulle arbeta kommande helg.

När Leila cyklade iväg till jobbet på måndagsmorgonen, påmindes hon om att hon trots all tid i världen, inte fått av sig att fixa den trasiga cykelbelysningen. Det var visserligen tillräckligt ljust ute nu, men i alla fall.

-Morrn! hörde hon Jesper hurtigt ropa när han cyklade ifatt henne.

-Godmorgon, har helgen varit bra? frågade hon.

-I stort sett har väl det mesta varit bra, det enda är väl att jag förmodligen måste köpa en ny gräsklippare, för den gamla vägrar att starta. Sedan vet du ju själv hur det är med det här jobbet, att man går och grunnar en hel del på hur man ska kunna binda en gärningsman till brottet, fortsatte Jesper.

-Ja, det känner jag till. Vi borde väl få en del klarhet i målet nu under veckan för lab och tekniker har väl jobbat hela helgen med fallet antar jag, sade Leila.

-Visst, det finns förmodligen en preliminär rapport ifrån dem redan nu. Det ska bli spännande, fortsatte Jesper samtidigt som han hoppade av sin cykel och ställde ifrån sig den.

-Jag kan komma in på ditt kontor så fort jag lagt in min smörgåsbox i kylskåpet, går det bra? undrade Leila.

-Ja gör det, så får vi se om det finns något som vi måste ta tag i med en gång, svarade han.

Det första mailet som kommit, behandlade silverföremålen i skjutdörren på skåpbilen. När bröderna fått visa på en karta var de fått tag på dem, så visade det sig att allt var köpt på marknader och ett par bakluckeloppisar. Några kvitton hade inte återfunnits, men säljarna som kunnat spåras, kunde bekräfta att de fått betalt för prylarna. Silvret ska dels bli present till deras mamma som fyller femtio år nästa månad och dessutom tänker de ge sin syster några av sakerna när hon gifter sig i sommar. Varför de inte nämnt något om föremålen vid de inledande förhören, sa de berodde på att de inte trodde att de kunde lita på svenska poliser heller. Deras ambassad hade lovat att betala vad som behövdes för deras hemresa, men inte mer.

-Det betyder med andra ord att vi måste släppa dem, sade Leila.

-Det verkar så, men vi får höra vad den nya åklagaren anser. Man undrar ju bara hur kniven kunde hamna utanför deras skåpbil, svarade Jesper.
-Det känns så hopplöst, ska vi inte få tag på mördaren? frågade Leila uppgivet.
-Det är ju inte alltid man får det. Jag kan hålla med om att vi står och stampar på samma ställe nu, men det är inget vi kan göra något åt, fortsatte Jesper.
-Nästa mail, är det om innehållet i behållarna som låg på stranden? undrade Leila.
-Vi får läsa igenom det så får vi se, svarade Jesper och öppnade meddelandet.

Där stod det att gasflaskorna med all sannolikhet blivit dumpade i Östersjön i slutet på andra världskriget av tyskarna. Innehållet bestod av livsfarlig senapsgas, men av olika anledningar så hade koncentrationen minskat till mellan fem och tjugo procent från det ursprungliga. Huvudorsaken antogs vara att de börjat läcka efter ett antal år på sjöbottnen.
Det fanns dokument som visade att allt dumpats öster om Bornholm, men att havsströmmar kunde ha fört dem vidare. Så långt norrut som utanför Oxelösund hade dock inga fynd gjorts tidigare.
Prover som gjorts från husbilen och skåpbilen tydde på att det var just den här koncentrationen som använts.
Det saknades sex behållare i trälådan och dykare hade inte funnit några i viken vid sökningar, som gjorts under helgen.
Risken finns att någon lagt beslag på dem, och nu tänker fortsätta med att söva folk för att sedan råna

dem.

Intressant var också, att fotavtrycket man funnit på stranden, var samma som setts på brottsplatserna.

Med andra ord var det samma gärningsman vid båda rånen. Dessutom hade man nu lyckats spåra varifrån gasen kom och att det var samma person som befunnit sig både vid husbilen och skåpbilen.

-Kanske ska vi utöka bevakningen, vi vet ju att han färdas i en röd passat , sade Leila.

-Du vet mycket väl att vi inte har resurser till mer övervakning. Vi saknar alltid personal och får jobba över nästan jämt. Dessutom har vi två vittnen som tror att det är en passat. Det enda vi med hygglig säkerhet kan påstå, är att han färdas i en röd bil, fortsatte Jesper.

-Då återstår väl bara att vi går ut med en varning till allmänheten, svarade Leila.

-Det kan vara en god idè. Jag måste förankra det med min chef först, svarade Jesper medan han lutade sig tillbaka i fåtöljen.

-Är det dags för lite kaffe och en mandelkubb? undrade Leila som såg på Jesper att han behövde något uppiggande.

-Ja, det är nog vad som behövs. Det värsta är att polisens automatkaffe är så hett att det inte går att dricka på en kvart, men jag får väl ställa det på svalning, svarade Jesper och log.

-Jag kan hämta åt oss, sade Leila och gick mot kaffeautomaten.

Ludvig gick och myste på väg till arbetet. Han tänkte tillbaka på en kanonhelg tillsammans med Ebba. Picknicken ute vid havet hade varit toppen, det enda var att han kände i ansiktet att han egentligen hade behövt att smeta in sig med solkräm innan.

-Godmorgon, är du redan på jobbet? Jag som tyckte att jag var tidig, sade Ludvig när han klev in genom dörren.

-Morrn, jo jag har suttit vid datorn här ett tag. Det går lättast om man inte blir störd av kunder, förklarade Stefan.

-Ja det förstår jag. I ärlighetens namn ser du ganska trött ut, ska du inte gå hem och sova en stund? undrade Ludvig.

-Nej det är inte så farligt. Förresten ska vi leverera resten av TV-apparaterna idag, så vila det får jag göra en annan gång, svarade Stefan.

Samtidigt ett par kilometer därifrån, balanserade Leila två muggar kaffe och mandelkubbar tillbaka till Jespers kontor.

-Förbaskat vad heta muggarna är, det är ju så man får brännblåsor på fingrarna, sade hon när hon plötsligt såg att Jesper pratade i telefon.

-Kaffet hinner svalna, det kom precis ett larm att det skett ett nytt rån mot en husbil, sade Jesper och tog en kubb i munnen medan han tog på sig sitt tjänstevapen.

-Var då någonstans? frågade Leila medan de rusade ut mot polisbilen.

-Ute vid Skavsta flygplats. Det är bara knapphändiga uppgifter jag fått, men det framkom att det är ett äldre par i en husbil som blivit rånade. De är tydligen vid medvetande men har huvudvärk, fortsatte Jesper och startade motorn.

-Är det inte lika bra att de körs till sjukhuset direkt? undrade Leila.

-Jo, de är redan på väg dit i en ambulans. Vi åker och pratar med dem när vi varit på flygplatsen och gjort en undersökning, svarade Jesper.

-Då är det troligtvis så att de som redan är gripna, förmodligen är oskyldiga, sade Leila och såg lättad ut. Hon hade varit orolig för att hennes brors kompis Scotten, var den som mördat paret för knappt en vecka sedan.

-Vi måste först undersöka brottsplatsen innan vi drar några slutsatser. Men hittar vi samma gas och fotavtryck nu med, så har du antagligen rätt, sade Jesper.

Lisa kände att det varit en ganska onyttig period hon haft den senaste tiden och lovade sig själv att försöka lägga om livsstil. Oron för Oskar hade bidragit till att hon börjat tröstäta en massa onödiga saker, som hon kände att hon inte mådde bra av. Kulmen hade nåtts i lördags när hon dels ätit kladdkaka med glass tillsammans med Ebba och sedan, som om inte det skulle räcka, hade hon smällt i sig kinabuffè på kvällen.

Att hon inte kom i kläderna var egentligen inte största bekymret, för hon hade så bra rabatter på jobbet. Det värsta var istället att hon inte var bekväm med övervikten, samt att hon genast märkte hur mycket sämre kondition hon fick.

Trots att det var måndag förmiddag och att en hel arbetsvecka låg framför, kände hon att det fanns vissa ljusglimtar i tillvaron. Stunden med Ebba under lördagen hade gått mycket bättre än hon vågat hoppas på, för de kände ju varandra bara ytligt ännu.

De hade som tur var inte pratat så mycket om Oskar, vilket nog varit tanken ifrån början. Istället hade det varit en massa tjejsnack om mode och smink, med andra ord om sådant som verkligen intresserade henne.

Lisa kom på när hon tänkte efter, att dem hon umgåtts med tidigare, hade varit betydligt svårare att föra en så lättsam konversation med.

 På något sätt som hon knappt förstod själv, så hade problemen som Oskar hamnat i blivit lättare att hantera för henne. Detta genom att Ebba och hon pratat om bara trevliga saker istället för att gräva ner sig i hans situation. Lisa hade läst en artikel i en veckotidning nyligen, där det stod något liknande hon nu varit med om. I stora drag skrevs det i tidningen, att för att över-huvudtaget kunna hantera en riktig kris, så behövdes det lite glädje och humor för att ta sig igenom den.

Lisa älskade promenadstunderna hon fick när hon gick till jobbet på förmiddagarna. Då kunde hon tänka på saker alldeles för sig själv och inget avbröt henne.

Den oftast lite svala morgonluften bidrog säkert till att syresätta hennes hjärnceller lite extra, tänkte hon medan hon låste upp bakdörren till klädbutiken.

En kvart senare skulle de öppna för kunderna, och då fanns inte längre någon tid för privata tankar, det visste Lisa.

Leila kände den numer välbekanta gaslukten redan innan hon var framme vid den uppbrutna husbilsdörren. En väktare som varit först på plats, nämnde att han sett på parets parkeringsbiljett, att de ankommit tjugoett och femton kvällen innan. Klockan halvsju på morgonen hade de incheckningstid för att flyga till Rhodos två timmar senare.

För att slippa köra mitt i natten, antogs de ha tänkt utnyttja husbilens möjligheter och sova i den på Skavsta innan de flög.

-Teknikerna är på väg och borde vara här vilken minut som helst, sade Leila som just pratat i telefon med dem.

-Bra, vi ser till att det blir avspärrat här och sedan åker vi in till sjukhuset och hör vad paret har att säga. Vem står som ägare till husbilen? undrade Jesper.

-Enligt registreringsnumret är det Rolf Ström, sjuttioett år. Han är gift med Clara som är lika gammal, svarade Leila efter några sekunders tryckande på den medhavda datorn.

-Okej, vi får kolla om de meddelat sina anhöriga när vi pratar med dem, fortsatte Jesper säga samtidigt som han såg teknikerna anlända.

-Avspärrningen är klar och jag har talat om att det bara är ambulanspersonalen som varit inne i husbilen, sade Leila.

-Vi åker ut hit igen efter att vi har varit på sjukhuset. Under tiden jag kör så ringer du och talar om för flygplatsledningen, att vi vill ha alla övervakningsfilmer från området det senaste dygnet, sade Jesper medan han satte sig bakom ratten.

Kapitel 18

Jesper hade svårt att hålla tillbaka ilskan när de lämnade sjuhuset. Det som gjort honom så illa berörd, var hur någon vettvilling fullkomligt förstört Rolfs och Claras tillvaro. Resan till Rhodos, var en present av deras barn för att de firade guldbröllop.

Hela reskassan på tvåtusen euro, samt guldsmycken till ett värde av cirka femton tusen kronor, var stulet.

Till råga på allt, hade gärningsmannen fått med sig deras kontokort tillsammans med koder och hunnit plocka ut tiotusen i en uttagsautomat inne i Nyköping, innan korten hann spärras.

-Vi får verkligen hoppas att personen vi söker är med på någon övervakningskamera, sade Leila när de satte sig i bilen för att åka ut till flygplatsen igen.

-Ja, och att han i så fall syns så väl att vi kan fastställa vem det är, svarade Jesper.

-Med tanke på att han tog ut pengarna i Nyköping, tyder väl det på att han kanske hör hemma i vårt distrikt, fortsatte Leila.

-Inte nödvändigtvis. Gärningsmannen anade nog att korten skulle spärras så fort paret kvicknade till, och ville då ta ut så mycket pengar han kunde innan det var för sent, sade Jesper.

-Vi har hittat samma fotavtryck här som på tidigare platser, sade kriminaltekniker Lisbeth när de kom fram.

-Har ni hittat några andra spår med? frågade Jesper.

173

-Inte ännu, men vi kommer att förflytta husbilen in till stationen och där göra en grundligare undersökning. Har gärningsmannen så mycket som bara nyst därinne, kan vi få fram ett DNA, svarade Lisbeth hoppfullt.

-Sedan ska aset finnas i våra register med, muttrade Jesper till svar.

När Leila och Jesper en stund senare kom in till stationen igen, hade en del klarnat i fallet med den röda passaten. Filmen som tagits vid jakten av den, visade tydligt vem som kört respektive kastat ut fotanglarna framför polisbilen. Över hälften av föremålen de haft med sig, var anmälda som stulna vid olika inbrott från olika distrikt.

-Det borde räcka till en fällande dom, så vi får lämna över materialet till åklagaren, sade Jesper.

-Du tror inte de kan bindas till rånmorden? frågade Leila.

-Nej det verkar inte så. Några av föremålen vi hittade blev stulna i en sommarstuga utanför Hässleholm den aktuella tidpunkten.

Förresten, hur har det gått med sökandet efter stulna passater sedan vi utvidgade området? undrade Jesper.

-Ingen bilstöld som matchar inom femton mil utöver dem vi hade innan, svarade Leila.

-Då får vi hoppas att teknikerna hittar något intressant i husbilen, för annars befarar jag att utredningen läggs ner, sade Jesper dystert.

Leila sade inget, utan tänkte bara att det kändes så frustrerande att deras arbete inte gett så mycket.

Det hann bli onsdag innan det beslutades att Scotten

och de polska bröderna skulle släppas. Annie Stolpe lät meddela till Scotten som skulle släppas fri under dagen, att han hade ett skadeståndskrav att vänta för reparation av husbilen. Summan hade dock reducerats till sextiotusen kronor. Detta berodde på att verkstaden som skulle utföra arbetet först räknat med kostnaden för den förstörda förardörren som behövde bytas ut.

Utredningen hade visat att Oskar inte var skyldig till den skadan, utan någon annan person.

Det var dock fullt möjligt att han anhölls igen om det framkom nya bevis som pekade på att han mördat paret. Detsamma gällde bröderna, fick han veta.

Så fort Oskar släpptes, ringde han till Ludvig och bad att bli hämtad av honom. Han ville veta exakt vad Ludvig berättat för hans flickvän Lisa och syrran. Först och främst varför han hamnat vid Nyköpingsbro och sedan blivit akterseglad.

En halvtimme senare kom Ludvig i firmabilen som de hade bestämt.

-Hej, här är ett kuvert från Stefan, sade Ludvig så fort Oskar kommit in i bilen.

-Tack. Så himla skönt att skiten är över, sade Scotten och öppnade sidofönstret helt för att öka frihetskänslan. Förresten, vad har du sagt till tjejerna? fortsatte han.

-Kan tro det. Jag har sagt att vi åkte ut till Nyköpingsbro kvällen efter du frigavs för en vecka sedan. Tanken var att vi skulle fira din frigivning med en räkmacka där och sedan åka hem igen. När Stefan och jag gick före ut till bilen, tyckte vi att vi såg dig stå kvar och prata med en tjej som vi bergsäkert trodde var Lisa. Vi resonerade som så att du nog hellre åkte med henne hem, så vi drog iväg själva, sade Ludvig.

-Jaha, det låter ju inte helt otroligt. Hur tog Lisa förklaringen då? frågade Scotten.

-Jag tror hon köpte den. Sedan hur du hamnade i husbilen och vad du gjorde i den, är ju en sak du får redogöra för själv. Men bara det att de släppt dig fri, tyder ju helt klart att du blivit gripen av misstag, fortsatte Ludvig.

-Ja, jag hoppas att problemen löst sig nu. Har du hört något från Ebba då? frågade Oskar.

-Jo, det har jag. Vi kan nog säga rent ut nu att hon och jag är tillsammans. Förbigående nämnde hon så sent som igår, att hon öppnat din mail och sett att du skall börja jobba som svetsare på måndag. Först som vikarie, men sedan kanske det rullar på och blir fast, sade Ludvig hoppfullt medan han stannade utanför Lisas lägenhet.

-Tack för skjutsen, vill du med in och ta en kopp kaffe? frågade Scotten.

-Nej jag hinner inte för jag måste jobba. Här är förresten din mobiltelefon, som du så att säga hade glömt på mitt arbete när vi skulle åka till Nyköpingsbro, sade Ludvig och log.

-Okej, vi hörs, sade Oskar och gick in i porten.

Det var ett par timmar kvar innan Lisa skulle sluta arbeta klockan arton, så det fanns tid att hitta på något trevligt tills hon kom hem. Först tänkte han om de skulle gå ut och äta någonstans, men slog bort tanken lika fort. Med en massa folk runt omkring dem som satt och lyssnade, kunde det bli väldigt jobbigt. Istället kom han på en sak som Ludvig nyligen nämnt under bilfärden, nämligen räkmackor!

En kvart senare köpte han ett par i delikatessen på Hemköp och tog med hem.

I kylskåpet stod två starköl passande nog, och när han laddat kaffebryggaren skickade han ett sms till Lisa. Scotten visste att hon kanske inte kunde läsa meddelandet på arbetstid, men då fick hon väl göra det när hon hade slutat. Meningen med sms:et var först och främst att förbereda henne på att han var i lägenheten när hon kom hem.

Känslan av att vara en fri människa igen, gjorde att Scotten kände sig alldeles upprymd.

När det bara var en liten stund kvar tills Lisa skulle sluta, kom Oskar på att han kanske borde köpt en bukett rosor till henne. Han såg på klockan i sin mobiltelefon som hunnit bli halvt laddad, att han borde hinna det om han skyndade sig. Joggandet till blomsteraffären och tillbaka gick på mindre än en kvart, och när han satt dem i en vas hörde han Lisa komma in genom dörren.

Utan ett ord till varandra kramades de i minst en minut.

-Jag älskar dig Lisa, sade Scotten.

-Jag älskar dig med, svarade hon.

Under tiden de åt, förklarade Oskar hur det gått till vid Nyköpingsbro när han var där med Ludvig och Stefan. Det mest idiotiska han gjort på evigheter, var att försöka ta någon annans husbil för att komma hem. Det begrep han inte själv hur han kunnat göra, så här i efterhand.

-Du fick väl så stark hemlängtan, sade Lisa och log.

-Förmodligen var det så, sade Scotten och tittade ner i golvet för att han skämdes.

-Det var en jättegod räkmacka, tack så mycket. Har du

ringt Ebba och sagt att du är ute? fortsatte Lisa.

-Nej, men det borde jag förstås ha gjort. Tror du det räcker om jag skickar ett sms till henne så länge? frågade han.

-Det vet du väl bäst själv, men skriv i så fall att ni kan höras på telefon imorgon. Jag är astrött så har du något emot att vi går och lägger oss tidigt ikväll? undrade hon.

-Inte alls, vi kan gå till sängs med en gång. Jag var väl dock inte riktigt inställd på att vi skulle sova, sade Scotten och myste.

-Då vill det allt till att du har något intressant att komma med om jag skall hålla mig vaken, sade LIsa och gick mot sovrummet.

Oskar svepte det sista ur ölburken innan han följde efter Lisa, släckte taklampan och tog av sig kläderna.

Redan klockan sju följande morgon väcktes Oskar av att Ebba ringde. Eftersom hans mobiltelefon fortfarande låg på laddning i köket, fick han gå upp för att svara. På den lilla tiden vaknade han till hyggligt och var ganska beredd på vad syrran ville.

-Godmorgon syrran, tack för att du inte lät mig få sovmorgon, svarade han när han tryckt på grön lur.

-Morrn, grattis till att du är frisläppt. Har Ludvig berättat att Allsvets AB vill se dig hos dem klockan sju på måndag morgon? frågade Ebba.

-Jo, han berättade det. Det var där jag hade prao i nian, och jag har för mig att det är knappt två kilometer dit från centrum, svarade Oskar.

-Vad bra, då ska du se att det löser sig. Vi får prata mer när vi ses, kanske till helgen för nu måste jag skynda mig till en föreläsning, sade Ebba.

-Visst, som tack för hjälpen har jag en liten present jag tänker ge dig då, sade Scotten innan de avslutade samtalet.

Jesper suckade tungt när han läst igenom rapporten som just kommit från teknikerna. Undersökningen av det senaste husbilsrånet hade inte visat mer än de tidigare. Man hade funnit samma fotavtryck, och en svettdroppe på golvet som matchade en de inte hade i sina register. Dessutom var gasen bekant från de tidigare fallen.

Visst var det positivt att de lyckats gripa Scotten för att han kört sönder husbilen vid Nyköpingsbro och de tre personerna som färdats i passaten. De hade till och med ett längre fängelsestraff att vänta.

Men att det gick en dubbelmördare fri därute, kändes allt annat än bra.

-Tror du han kommer att slå till igen? undrade Leila.

-Ja, tveklöst. Han eller hon, är väl bäst att tillägga, har ju fortfarande säkert minst tre gasflaskor kvar, svarade Jesper.

-På övervakningskamerorna ser det inte ut att vara en kvinna, men helt säkra kan vi förstås inte vara, sade Leila.

-Typiskt. Imorgon är vi lediga båda två, så då får vi hoppas att vi löser fallet i helgen när vi jobbar igen, sade Jesper och försökte låta optimistisk.

-Ja, hoppas kan vi ju alltid göra, svarade Leila medan hon tog fram sin smörgåsbox från kylskåpet.

179

-Om du vill kan du ta ledigt imorgon så att du inte får så mycket övertid, sade Stefan till Ludvig.

-Ja det gör jag gärna för jag tänkte att jag skulle se om jag kunde köpa en bil. Den gamla jag har fick körförbud på besiktningen för en månad sedan, så jag håller på att kolla runt lite, svarade han.

-Har du hittat någon som verkar intressant än? frågade Stefan.

-Nej inte direkt. Jag har tittat en del på nätet, och det finns hur mycket som helst att välja på. Sedan får man ju inte förglömma, att de som säljer oftast gör det av någon anledning. Typ att det är något dolt fel på bilen, svarade Ludvig.

-Om du vill kan du titta på en av våra Saab 9 5:or. Vi skaffar oss nog något mindre att åka i till sommaren, föreslog Stefan.

-Jag ska fundera på det. Vilken årsmodell är det och vad begär du? undrade Ludvig.

-Det är tolvor, och jag hade först tänkt femtiotusen kronor styck. Men bara för att det är du, så kan jag gå ner till fyrtiotusen, svarade Stefan.

-Jag har ju åkt några gånger med dig i den, och fyrtio lapp låter som ett bra pris. När vill du ha besked? undrade Ludvig.

-Om du vill kan vi göra så här, att du lånar bilen över helgen och på måndag när vi ses igen så får du säga vad du tycker, föreslog Stefan.

-Ja, det låter som en bra idè, men behöver du inte bilen själv? frågade Ludvig.

-Nej, som du vet har ju min fru en likadan vi kan åka i. Vi åker säkert ut till sommarstugan i helgen och då behöver vi bara den, svarade han.

-Har hennes bil också gått runt tiotusen mil? frågade Ludvig.

-Jag tror att den har gått ungefär det dubbla, för hon pendlar ju till jobbet i Norrköping varje dag. Men visst, den är fin den med. Tycker du fyrtio är för mycket för min, kan vi nog säga trettiofem för den andra, fortsatte Stefan.

-Jag hade först inte tänkt mig en så stor bil, men det går inte att komma ifrån att man åker både säkrare och skönare i en sådan. Men du måste väl ha något själv att åka i? sade Ludvig och såg frågande ut.

-Min svåger är delägare i Sveriges största biluthyrningsföretag. Varje gång vi pratas vid på telefon är han på mig om att han har ett par nästan nya bilar att sälja till mig för underpris. De byter tydligen ut sina bilar redan efter tolv månader. Så köper du bilen exempelvis på måndag, så har han lätt skaffat fram något till slutet på nästa vecka, fortsatte Stefan.

-Det låter som sagt väldigt intressant. Vilken tid kan jag komma hem till dig imorgon för att låna bilen? frågade Ludvig.

-Kom vid sjuttontiden, för jag tror det ligger lite grejer i bagageutrymmet som jag skall köra till tippen, svarade Stefan.

-Har du registreringsnumret i huvudet? Jag behöver veta vad bilen kostar i skatt och försäkring också, frågade Ludvig.

-Visst, vi ses imorgon, svarade Stefan och skrev en lapp

till honom medan han tryckte på grön lur för att någon ringde honom.

Ludvig nickade bara till Stefan innan han gick, för att inte störa telefonsamtalet. På väg hem tänkte han på vilken bra bilaffär han kunde göra om allt föll på plats. Han hade länge drömt om att kunna köpa en bil som det gick att lita på, och det här var säkert en sådan. Att han dessutom inte behövde slänga upp runt etthundra tusen för den, öppnade upp en rad trevliga möjligheter.

Kanske kunde han överraska Ebba med en resa någon gång framåt hösten, eller också nya möbler om de flyttade ihop, tänkte han när han gick hem.

När han kom hem ringde han till Scotten och undrade om han ville komma och ta en fika på fredag förmiddag, vilket han tackade ja till.

Kapitel 19

Lite efter tio ringde Scotten på dörren med en påse kanelsnäckor med sig.

-Kom in, det är upplåst! ropade Ludvig inifrån lägenheten.

-Tjena, jag tog med de här, sade Oskar samtidigt som han fick ett sms.

Det visade sig vara från Annie Stolpe, hans advokat. Där stod att firman som skulle reparera husbilen ville ha sextiotusen kronor insatta på sitt konto. Det mördade parets dotter som var ensam arvtagare, ville inte se husbilen mer, utan lät den gå till försäljning så snart som möjligt. För att få allt ur världen ombads han att sätta in pengarna omgående.

-Ska bli gott med lite fikabröd, jag sätter på kaffe. Var det något viktigt meddelande du fick? undrade Ludvig.

-Tja, där rök sextiotusen så nu har jag bara femton kvar, men det är ju bättre än inget, svarade Scotten och suckade.

-Ja, det var snopet men som du antydde så är det ju åt rätt håll i alla fall, sade Ludvig.

Efter ett par timmar med en massa prat om det som hänt, kom de överens om att kanske åka en sväng i Saaben tillsammans med Ebba och Lisa under helgen som kom.

De skulle höras av lite närmare, så fick de se hur det blev.

För det mesta tyckte Jesper att det var helt okej att jobba helg och därmed vara ledig några vardagar istället. Men just den här lördagen kände han att han helst åkt ut med sin motorcykel en sväng, bara för att rensa tankarna.

Inte blev det bättre av att det första han fick veta när han kom till jobbet, var att alla uppslag de haft för att lösa dubbelmordet, för tillfället var bortsopade. Visst var de redo att ta tag i det igen, men då måste nya bevis komma fram.

Leila som just kommit innanför dörren, suckade tungt när hon också fick höra läget.

Innan hon hann säga något, ringde det på Jespers telefon.

-Hej, jag heter Stefan och vi har haft inbrott i vår sommarstuga. De jävlarna har tagit TV, stereo, tvättmaskin och spis!

-Det låter illa. Vi får komma ut och titta på det, är du på plats där nu? undrade Jesper.

-Ja, jag och min fru kom ut hit i morse och fick världens chock! Jag har kontaktat mitt försäkringsbolag och vi har inte varit inne själva i sommarstugan ännu. Vi ville inte förstöra eventuella spår efter dem som brutit sig in, sade Stefan.

-Lämnade du adress och telefonnummer i växeln? frågade Jesper.

-Ja, det gjorde jag. Det är ju inte första gången som det är inbrott i det här området, så jag hoppas ni får tag i dem snart.

-Vi är där inom en halvtimme, sade Jesper och avslutade samtalet. Först tänkte han lägga till att det inte alls var säkert att det var samma gärningsman som tidigare, men lät bli för det kändes inte lönt.

-Var det ett inbrott? frågade Leila.

-Ja, vi åker direkt så kanske vi hinner tillbaka till fikarasten, svarade Jesper och log.

-Jag tycker att de kunde tagit upp mer om de brotten på polisutbildningen, nu är det bara en eftermiddag. Du som jobbat med sådant här under lång tid, är det något speciellt att tänka på? frågade Leila.

-Tja, det jag kom att tänka på först när du frågar, är att det kan vara en ren bluff. Visserligen har Stefan rätt i att det skett en del inbrott därute, men åtminstone ett av dem var ett rent försäkringsbedrägeri, berättade Jesper medan de tog plats i bilen.

-Hur kom ni på det? undrade Leila.

-Först såg allt ut som ett normalt inbrott med stulen TV, induktionshäll och kylskåp. Men när vi gick ut och tittade under en filt på dasset, stod allt prydligt uppställt där, svarade Jesper och skrattade.

-Så du tror att det kanske är så den här gången också? undrade Leila.

-Vet inte, men så mycket är helt klart att vi bör nog göra en grundlig kontroll av uthusen med. Dessutom får vi se till att försöka hitta några DNA-spår därinne med teknikernas hjälp. Han berättade nämligen att de inte varit inne själva, utan bara tittat in genom fönstren och sett att en del saknades.

-Ska jag kalla dit teknikerna direkt? frågade hon.

-Ja, gör det, sade Jesper medan de lämnade Nyköping.

Redan när Ludvig hämtat Saaben på fredagseftermiddagen, hade han i stort sett bestämt sig för att köpa den. Innerst inne visste han mycket väl att han aldrig skulle hitta en så pass ny bil i det skicket för samma summa. Bilen var tvättad och nystädad. Det enda som låg kvar i den var en plastslang på några meter som han tänkte fråga om Stefan behövde, annars skulle han slänga den.

På kvällen hörde Scotten av sig och sade att Lisa föreslagit att de kunde åka tillsammans till hennes syster, om Ludvig och Ebba ville det. Syrran som hette Ellen, skulle ha inflyttningsfest i ett litet hus hon hyrt utanför Katrineholm. Att Ludvig fick agera chaufför för en gångs skull tyckte han inte gjorde så mycket. Nu fick han ju chansen att provköra bilen ordentligt, och även höra vad de andra sade om den.

När de åkte därifrån insåg både Scotten och Ludvig att de hellre kunnat stanna hemma eller kanske åkt någon annanstans. Det hade anordnats lekar och allsång vilket inte var något som föll dem i smaken. Att fläder saft var det starkaste som serverades fick Oskar att vilja åka hem tidigare, men av hänsyn hade de stannat kvar ett par timmar.

Eftersom Scotten var spiknykter när de åkte därifrån, så körde han.

-För det priset är det klockrent att du skall köpa den, sade han. För sig själv kunde han inte låta bli att tänka att bilen egentligen lika gärna kunde vara hans, om han inte behövt betala en satans onödig husbilsreparation.

Sommarstugan låg idylliskt ett stenkast från havet, lite avskilt från grannar.

-Det här stället skulle man ha, sade Leila när de parkerade.

-Det får du aldrig råd med på en sketen polislön, svarade Jesper och skrattade.

-Där kommer Stefan och möter oss, vad bra, sade Leila som kände sig lite förnärmad av vad Jesper just sagt. Han visste väl inte vad hon hade för besparingar, tänkte hon.

-Jag tycker att jag känner igen honom, undrar om han inte har en firma i stan. Jag tror att de säljer och reparerar TV-apparater, sade Jesper eftertänksamt.

-Hej jag heter Stefan. Jag tänkte överlämna nyckeln till er för att ni skulle komma in, men kom just på att dörrlåset är uppbrutet, sade han och verkade chockad.

-Hej, Jesper är mitt namn och det här är Leila. Kan du berätta vad som saknas för min kollega så skriver hon ner det. Under tiden går jag in med teknikerna som kommer vilken minut som helst, svarade Jesper.

-Jag vill se om det finns några fotavtryck utanför ytterdörren innan vi går in, sade kriminaltekniker Lisbeth när hon kom till platsen.

Nästan med en gång hittade hon några, som hon tog kort på och satte Jan på att göra avtryck av.

Jesper beundrade hennes yrkesskicklighet när hon med blotta ögat såg ett hårstrå liggande på golvet samt fingeravtryck på ett handtag. Minutiöst noggrant arbetade hon sig metodiskt vidare in i stugan utan att

187

säga ett ord.

Jesper och Leila fann det bäst i att inte ens gå in i sommarstugan, för de hade inget att tillföra. Istället passade de på att undersöka redskapsförrådet och utedasset tillsammans med Stefan, utan att hitta något anmärkningsvärt.

-Jag är färdig här inne nu, så Jan och jag åker tillbaka till stationen igen, sade Lisbeth knappt två timmar senare.

-När tror du att vi kan få svar på proverna, frågade Jesper.

-Tja, jag var egentligen ledig idag och eftersom det inte verkar vara några liv som är i fara, så tänker jag inte göra mer åt det här fallet förrän på måndag, svarade hon.

-Jag förstår det, hör av dig till mig när du vet något, sade Jesper.

-Det vet du att jag kommer att göra precis som vanligt, svarade Lisbeth och log medan de tog plats i sin bil för att åka därifrån.

-Jaha Stefan, vi har gjort vad vi kan här. Resten får du ta med ditt försäkringsbolag. Rent spontant kan jag bara ge dig några tips. För det första, installera ett bra larm i sommarstugan, för det avskräcker. Sedan bör du ha ett bättre lås på dörren och även fönsterlås överallt, föreslog Jesper.

-Ja, jag inser det. Är det något ytterligare att tänka på? undrade Stefan som fortfarande var skärrad.

-Tja, det skulle väl vara då att inte ha för fina saker synliga utifrån, samt tänka på vad du har i redskapsboden. Ofta hittar tjuven verktyg just där för att ta sig in, tillade Jesper och började gå mot polisbilen där

Leila redan satt sig.

-Jag fick precis veta att den återstående röda passaten är återfunnen, sade Leila.

-Vad bra, det kanske är nyckeln till att vi ändå får tag i mördaren, svarade Jesper och sken upp.

Inom sig kände han det som ett misslyckande att de inte löst mordfallet ännu. Att några stöddiga typer skulle kommenderas dit från rikskriminalen kändes som en fruktansvärt motbjudande tanke, men han visste att risken snart var överhängande. Att media skulle skriva något nedlåtande om Nyköpingspolisen var bara att vänta sig, om de som skickats hit löste fallet.

Jesper och hans kollegor skulle idiotförklaras och deras förtroende hos allmänheten kunde bara förväntas bli ännu sämre.

-Nja, vi ska nog inte ha för stora förhoppningar om det. Bilen har återfunnits utbrunnen i Skäggetorp, ett bostadsområde i Linköping. Fanns det några spår i den efter mördaren så har de förmodligen gått upp i rök, sade Leila.

-Du är ju riktigt vitsig! sade Jesper och kunde inte låta bli att skratta åt eländet.

Efter några sekunder insåg Leila vad hon sagt och skrattade med.

Söndagen den 30 april på valborgsmässoafton, var Scotten och hans syster bjudna på middag hos sina föräldrar Henrik och Maria. Det var lite av en tradition att de åt något gott på eftermiddagen för att sedan när det började skymma, gå och titta på elden som vanligt.

189

Nytt för i år var att även Joakim och Louise Scott från Stockholm skulle komma. Oskar visste att de fått en pojke för några månader sedan som hette Jonathan. Dessutom var även Lisa och Ludvig medbjudna, men ingen av dem hade bestämt sig ännu för om de skulle följa med.

Henrik premiär tände grillen för året, medan Maria ställde fram allt hon förberett på ett bord i det inglasade uterummet.

Först tänkte hon bjudit på färdiggjorda grillspett, men insåg att det var bättre om alla fick plocka på vad de ville ha.

Lite före klockan tre dök alla upp som var bjudna. Först var stämningen lite spänd, men den lättades snart upp, särskilt av blodhunden Henrik som charmade alla.

-Tänk när vi också får barn, sade Lisa tyst till Scotten när hon fick hålla lille Jonathan som sov.

-Ja, det syns att du blir en bra mamma, svarade Scotten och log. Inom sig visste han inte riktigt hur han skulle bli som pappa, för han hade aldrig på allvar tänkt den tanken förr.

Leila hade arbetstid mellan klockan sju och sjutton på söndagen. Precis när hon skulle gå hem kom första larmet om slagsmål nere vid hamnen, och sedan rullade det på. Först vid tjugotretiden kunde hon lämna sin arbetsplats, mest för att alla fyllbultar tydligen tyckte att det var för kallt utomhus. Förmodligen ville de istället fortsätta att härja inomhus någonstans, trodde hon. Själv kunde hon gärna ta ett par glas vin under en kväll

190

eller ett par drinkar, men att supa så att man totalt tappade kontrollen över vad man sade och gjorde, hade hon aldrig insett vitsen med. Leila tänkte ibland säga till dem som gjorde det, att de bara blev dummare i huvudet än de var i vanliga fall. Hittills hade hon inte gjort det, men att den dagen inte var så långt borta, det kände hon på sig.

När larmet för väckning ljöd redan klockan sex morgonen därpå, kändes det som om någon fyllt hennes ögon med ett par sandsäckar. Hon kunde inte begripa hur förbannat fort natten gått och att det redan var dags att snart inställa sig för tjänstgöring igen.
Efter en skön dusch och en rejäl portion havregrynsgröt kändes det som om hon var på banan igen och hon pustade ut lite. Förhoppningsvis kanske hon kunde ta ut lite kompledighet i slutet på veckan, om det inte inträffade några större händelser i närområdet.
-Tjena Leila! Idag ska vi ha nykterhets och bälteskontroll under förmiddagen, det kan väl vara trevligt som omväxling, sade Jesper hurtigt när han såg Leila sega sig in genom dörren till polisstationen.
-Jo men det låter jättetrevligt, svarade hon en aning ansträngt.
- Klockan är snart sju så vi sticker ut direkt. I och med att det var valborgsmässoafton igår, får vi räkna med att en del kör på fyllan idag, fortsatte han.
- Det har du säkert rätt i. Visserligen är det en röd dag men de som ändå är ute och åker nu, kanske chansar på att det inte är några kontroller, svarade Leila.
-Ja, tyvärr tänker nog nötterna som du säger. De är

förmodligen mer rädda för att bli stoppade av oss, än att köra ihjäl någon bara för att de är fulla, sade Jesper allvarligt.

Redan under första timmen hade de stoppat tre förare som misstänktes för rattfylleri. Av dessa var två yrkeschaufförer som med all säkerhet skulle få svårt att förklara sig inför sin arbetsgivare under dagen.

-Jag har min smörgåsbox på stationen, ska vi åka in där och ta en förmiddagsfika när vi ändå ska förflytta oss? undrade Leila.

-Det är en god idè, så det gör vi. Här har vi stått i två timmar nu och förmodligen har det spridits till flera tusen att vi är här, svarade Jesper.

Väl inne på stationen igen, hann Leila bara ta ett bett i sin smörgås innan Jespers telefon ringde. Det var ett nytt inbrott i en sommarstuga bara några hundra meter från det förra. Tack vare en uppmärksam granne som hade lyckats skriva ner registreringsnumret på en svart skåpbil som stått i närheten, fanns det förhoppningar om att gripa gärningsmannen den här gången, tänkte Jesper som tagit emot samtalet.

På grund av att Leila anat att det skulle bli en extremt kort fikarast när Jesper svarade i sin telefon, så hade hon lyckats pressa in två limpsmörgåsar på rekordtid. Att hon skulle kunna fråga något eller ens öppna munnen var dock otänkbart, för minst en macka hade hon inte lyckats svälja ännu.

På väg ut till polisbilen hejdade kriminaltekniker Lisbeth dem.

-Kan ni ordna med ett DNA-prov på den där Stefan och helst hans fru också som hade inbrott häromdagen? Vi behöver det för att utesluta en del spår, undrade hon.

-Vi ordnar det. Är ni snart på väg ut till det senaste inbrottet med? frågade Jesper.

-Jan får åka på det själv. Jag är kvar på stationen och granskar en del fotavgjutningar, svarade Lisbeth.

-Är det något intressant på gång, menar du? undrade Jesper nyfiket.

-Lite för tidigt att säga, men konstigt nog var avgjutningarna vi gjorde ute vid sommarstugan, väldigt lika dem vi fått från de senaste brotten vi jobbat med, svarade hon.

-Så du påstår att det kanske är samma person som gjort inbrott i sommarstugan, som mördat paret i husbilen? frågade Jesper upphetsat.

-Jag vill inte spekulera för mycket än, som jag sade så såg de väldigt lika ut bara. Jag återkommer när jag vet säkert, sade Lisbeth och gick vidare.

-Tusan, tänk om vi har sådan tur att skåpbilsägaren är skyldig till allt den senaste tiden, sade Leila som just fått munnen tom från smörgåsarna.

-Ja, det skulle bättra på vår statistik rejält vad det gäller att klara upp anmälda brott, svarade Jesper leende.

-Jag har gjort en sökning på skåpbilen som förresten inte är anmäld stulen, och den tilhör en Sven Roos bosatt här i Nyköping, sade Leila.

-Den mannen har varit inblandad i stölder förr, men aldrig i mord, svarade han.

-Vart skall vi åka först tycker du, till sommarstugan som fått inbrott eller till Roos bostad? frågade Leila.

-Vi åker till sommarstugan, så skickar vi en patrull till Roos samtidigt. Båda sakerna har hög prioritet så det får bli så, svarade Jesper medan de återigen satte sig i polisbilen för att åka iväg.

Jesper och Leila möttes ännu en gång av en förtvivlad sommarstugeägare, som i stort sett blivit av med liknande saker som Stefan. Kriminaltekniker Jan säkrade en del spår inomhus för att ta med till analys, samtidigt som övriga undersökte gäststugan och förrådet som också fått påhälsning.

En stund senare när allt var avklarat, åkte de tillbaka in mot stationen igen.

-Visst ja, vi skulle fixa ett DNA-prov på Stefan och hans fru, åt Lisbeth. Det kan vi ta innan vi åker in till stationen, föreslog Jesper.

På polisradion fick de veta att Roos redan var intagen för att förhöras, under tiden som den fullastade skåpbilen undersöktes.

-Hörde av Jan att inbrottet var snarlikt det förra. Har du några DNA-prov med dig som jag bad dig om? undrade Lisbeth.

-Ja, vi har med ett på Stefan och ett på Paul från det senaste inbrottet. Deras fruar har vi inte lyckats få några på, men de kommer in och lämnar det i eftermiddag, svarade Jesper och lämnade ifrån sig det LIsbeth ville ha.

-Vad tror du om den där Paul egentligen? frågade Jesper.

-Jag har hittat honom för både misshandel och bilstölder i våra register, svarade Leila.

-Jag fick inte heller något vidare gott förtroende för honom när vi träffades. Jag tyckte att jag kände igen ansiktet när vi kom ut dit men var osäker, svarade Jesper.

-Som ung hette han Palm, men sedan sju år tillbaka är han gift och de har tagit namnet Stenquist, förklarade Leila.

-Ja, nu när du säger det, Paul Palm hette typen. Men det är inte säkert han är insyltad i något av det här. Det är ju fullt möjligt att han skärpt till sig sedan han gifte sig, sade Jesper.

-Du kanske har rätt, för under de senaste åtta åren har vi inget på honom, sade Leila.

-Nej, men man vet aldrig. Vi får helt klart ha med honom bland de misstänkta, svarade Jesper.

Kapitel 20

Förmiddagen på Allsvets AB flöt på bra för Scotten, som med en gång fann sig väl till rätta. Företaget som bara hade fem anställda verkade trivsamt och hade en fulltecknad orderbok, så jobb det fanns det. När han gjorde sin prao där var de bara tre anställda, men efterfrågan på deras tjänster hade successivt ökat. Att Oskar bara fick ett vikariat inledningsvis var mest en formalitet. Med stor sannolikhet skulle han och kanske ytterligare någon behöva anställas till hösten, om trenden höll i sig.

Det enda som för tillfället oroade Scotten var, att misstankarna mot honom ännu inte var helt bortsopade. Det skulle kännas så mycket bättre om polisen kunde gripa någon annan som ansågs skyldig till dubbelmordet. Så länge inte det var gjort kände han sig inte riktigt lugn, mycket beroende på att han fortfarande inte kunde minnas något från den aktuella tidpunkten.

Efter första arbetsdagen när han gick hem, försökte han summera de två veckorna som gått, sedan han frigavs från det nästan fem månader långa fängelsestraffet. Det hade varit en extremt turbulent period, som åtminstone i dagsläget såg ut att ha landat rätt. Bland det som kändes allra mest positivt var att Lisa och han trivdes så bra tillsammans. När de var ihop förra gången blev de ibland ganska osams, oftast beroende på en massa onödiga missförstånd. Under tiden som gått sedan dess, verkade det som om båda hade mognat och förstod hur viktigt det var att vårda kärleken.

Scotten hoppades att han skulle kunna överraska Lisa med en resa någon gång framåt hösten, gärna till något ställe runt Medelhavet där det var varmt och skönt. Inte för att de skulle älska varandra mer för det, utan snarare för att han tyckte att de var värda det. Både han och Lisa skulle få jobba hela sommaren, och att på det sedan orka med att jobba ända till juli nästa år, kändes alldeles för mastigt. De femtontusen som blivit över från hans äventyr vid Nyköpingsbro, tänkte han kanske kunde vara en möjlihet för att kunna genomföra den lilla drömresan med sin flickvän.

Han tänkte dock inget säga än på ett tag, för när han väl sade något, ville han inte att det bara skulle vara tomma ord.

Önskan om att drömmen skulle bli verklighet bar han inom sig, och han gladdes åt att det kändes som om den var inom räckhåll.

Tisdagen började Jesper och Leila först klockan tretton, för att sedan jobba fram till tjugoett. När Jesper fortfarande hade femtio meter kvar till jobbet, såg han en kvinna stå på trappan till polisstationen och titta åt hans håll. Efter att ha kommit lite närmare, såg han att det var kriminaltekniker Lisbeth som väntade på honom. I handen hade hon en lunta med papper, förmodligen resultat som kommit från analys, tänkte Jesper.

-God middag Lisbeth, är det mig du väntar på? frågade han.

-Visst är det så. Du ska få lite att studera av mig, hoppas

du tycker att det är intressant, sade Lisbeth leende medan hon kisade mot den starka vårsolen.

-Tack, det verkar som om vi haft många ouppklarade fall på sistone. Hoppas det kan bli ändring på det nu, sade Jesper medan han tog emot rapporterna.

-Finns nog svar på det mesta här, svarade Lisbeth och höll upp dörren.

När Leila kom några minuter senare, gick de in på Jespers kontor för att läsa igenom Lisbeths utskrifter. För att inte bli störda i onödan, drog de igen dörren och sade till i receptionen att de ville vara ifred, om det var möjligt.

Först läste Jesper en rapport innan han gav den vidare till Leila. Ingen ville avbryta den andre, utan sparade frågor och reflektioner inom sig.

Vad det gällde inbrotten som skett de senaste dygnen i ett par sommarstugor, hade man kunnat binda Sven Roos till dem båda. I hans svarta skåpbil hade samtliga föremål återfunnits och det fanns även DNA-spår tillhörande honom på båda platserna. Det framkom även att han erkänt inbrotten under förhör som hållits på förmiddagen.

Det som förbryllade, var att man fann samma DNA-spår i sommarstugan som först fått inbrott, som från en annan brottsplats.

Matchningen fanns längst upp på knivens handtag, den som använts vid dubbelmordet, i form av lite saliv.

-Vad säger du Leila, vill du ha en kopp kaffe och en mandelkubb innan vi jobbar vidare? undrade Jesper.

-Jo, det skulle sitta fint. Jag kan följa med för jag känner att jag behöver sträcka på benen, svarade hon.

-Har du dragit samma slutsats som jag? undrade Jesper och såg tillfredsställd ut.

-Jag tror det men vi får kolla igenom resten först, för att se om det verkligen stämmer, svarade Leila.

-Det skulle inte förvåna mig om det var Sven som gjorde inbrotten i sommarstugorna i höstas också, sade Jesper.

-Det är nog möjligt, men det han fick med sig då i så fall, har nog sålts på blocket för länge sedan, svarade Leila. Jesper nickade bara som svar, för han var redan i full färd med att läsa vidare i väntan på att kaffet skulle svalna.

En timme senare när Jesper precis varit på toaletten, såg han ett par komma in genom entrèn. Det var Stefan och hans fru Mona.

-Hej, jag har med min fru nu för att lämna DNA-prov. Hon skulle ju kommit igår men fick jobba över, så ni hann stänga, förklarade han.

-Vad bra, Leila hjälper Mona ett tag så kan du få en kopp kaffe så länge, sade Jesper och vinkade åt Stefan att följa med.

-Jaha tack, det skulle smaka bra, svarade Stefan och följde med.

-Det är nog vi som ska tacka dig, det påskyndade vår utredning ofantligt när vi fick ditt DNA-prov igår, sade Jesper och drog ut en stol åt Stefan.

-Vad bra då. Då kanske man kan få lite valuta för pengarna man lägger i skatt, svarade han och garvade.

-Så kan man se det om man vill. Det är väl du som

driver TV-firman på söder, har ni mycket att göra? frågade Jesper.

-Tja, det går väl rätt så skapligt. Jag har en kille anställd men det är tur att han är anpassningsbar, för vissa månader är det mycket att göra och andra alldeles för lite, berättade Stefan.

-Jag förstår precis vad du menar, det är nog lite som i vår verksamhet. Vad gör du på fritiden då, är det sommarstugan för hela slanten? undrade Jesper.

-Jo, det blir väl att man är där ute en hel del under sommaren, vi har ju bara hundra meter ner till havet. Annars blir det att man sitter vid datorn en del, fortsatte Stefan medan han smuttade lite på kaffet.

-Är det för jobbets räkning som du sysslar med datorn? frågade Jesper och koncentrerade sig på Stefans ansiktsuttryck.

-Nej, inte bara det, för så roligt är det minsann inte. Ska sanningen fram så håller jag på en del med nätpoker. Jag tycker det är riktigt fängslande, så ibland blir jag sittande rätt länge, svarade han.

-Är det inte lätt att det blir ganska kostsamt, eller vinner du jämt? undrade Jesper.

-Det händer väl att det går dåligt, men det är som en hobby för mig. En del spelar ju ishockey eller golf och det är ju inte heller gratis, förklarade Stefan.

-Men du har alltid råd att spela på nätet, eller rättare sagt, vad gör du om du saknar pengar att spendera på det? frågade Jesper.

-Man får väl se till att man har råd. Det finns alltid pengar att få tag i om man är lite finurlig, svarade Stefan och log.

-Vi har sett på dina konton att du dras med stora spelskulder, så det kan ju förklara rånen du gjort. Vi har säkrat spår efter dig, så det tjänar inget till att neka. Men vad jag inte kan begripa, är varför du mördade två människor! utbrast Jesper.

Efter en stunds tystnad med blicken ner mot golvet, svarade Stefan.

-Det var inte alls tänkt att jag skulle ta livet av dem, det bara blev så.

-Jag vill att du utvecklar det. Vi vet att du har hittat gammal senapsgas nära din stuga som du sövt dina offer med, men ett brutalt dubbelmord, varför gjorde du det? undrade Jesper.

-Jag var i desperat behov av pengar eftersom jag var skyldig över tvåhundratusen kronor. För att få vara ifred åkte jag ut till sommarstugan och vandrade längs strandkanten. Av en händelse fick jag syn på en stor trälåda och passade på att googla lite på nätet, för att få reda på vad den innehöll. Ganska snart stod det klart att det var någon slags gas. Utan att tänka så mycket på att det kunde vara farligt, tog jag med så många behållare jag kunde bära.

Sedan tiden jag var med i Hemvärnet har jag en gammal skyddsmask liggande hemma, som jag inte brytt mig om att lämna tillbaka.

När jag öppnade en av tuberna i garaget hade jag på mig den, men grannens katt som råkat smita in, sov i flera timmar efteråt, hehe.

Då slog tanken mig, att jag lätt kunde söva folk för att sedan råna dem.

Det som hände första gången när jag var vid

Nyköpingsbro, var att det mesta gick snett. Jag tillsammans med ett par andra hade åkt dit under kvällen för att fika. När vi åkte därifrån fick jag en idè om att sticka ut dit själv, så fort jag blev ensam inne i stan. Frugan var på en kurs den veckan, så hon saknade mig inte. Väl på plats vid Nyköpingsbro igen, såg jag en husbil som stod avskilt. Gasen verkade ha tillräcklig verkan till en början, för när jag bröt upp förardörren var allt lugnt därinne. Oturligt nog kvicknade båda till när jag höll på att ta deras värdesaker, samtidigt som jag såg en man i tjugoårsåldern komma närmare. Jag hotade husbilsägaren genom att sätta min kniv mot hans hals, men istället för att lugna sig, gjorde han ett utfall och kastade sig framåt. Så tro mig eller ej, men han skar halsen av sig själv. När kvinnan såg det, förstod jag att det bara fanns ett val för mig, nämligen att döda henne. Annars lär hon ha börjat skrika, så att det hade hörts hur långt som helst, sade Stefan.

-Jaha, men varför skar du av dem fingrarna de hade sina ringar på? Är det inte lite väl rått tycker du? frågade Jesper medan han tittade så att ljudupptagningen var igång på mobiltelefonen.

-Deras fingrar var ju tjocka som prinskorvar, så ringarna satt fast stenhårt förstår du, blev svaret.

-Du sade nyss att någon närmade sig husbilen när du var därinne, gick den personen iväg igen eller? undrade Jesper.

-Precis när jag smugit ut genom en dörr där bak på högersidan, såg jag genom ett fönster att personen öppnade förardörren och klev in efter en stund. När jag kommit en bit från platsen körde han konstigt nog iväg därifrån. Med tanke på gasen som var kvar därinne, fattar jag inte hur han klarade av det, fortsatte Stefan.

-Sedan gick det ett dygn och så gav du dig på de polska bröderna i den vita skåpbilen. Vi hittade din kniv där. Var det medvetet som du slängde den i gräset, i närheten av dem? frågade Stefan.

-Nej, jag måste ha tappat den. Hur visste ni att det var min kniv? Jag hade ju montörshandskar hela tiden, svarade Stefan samtidigt som han torkade sin näsa.

-Är du allergisk eftersom dina ögon rinner och du behöver snyta dig? frågade Jesper.

-Ja det är jag, och nu förstår jag hur ni kunde hitta mina DNA-spår trots att jag bar handskar, sade Stefan.

-Sedan följde ett liknande rån på Skavsta flygplats. De var förresten på väg utomlands för att fira guldbröllop. Vi förstår på anmälningarna som gjorts av de bestulna personerna, att du fått ihop en ansenlig summa pengar och en hel del värdeföremål. Hur ser läget ut rent ekonomiskt för dig just nu? frågade Jesper.

-Jag sålde en bil igår, men de pengarna spelade jag tyvärr bort den gångna natten. Jag tror inte att det ser speciellt ljust ut, fortsatte Stefan.

Det värsta är att min fru har varnat mig för att det skulle gå så här till slut. Redan för några år sedan krävde hon att jag skulle sluta spela på nätet, annars tänkte hon lämna mig.

Det är bara det att jag kan inte sluta, det har blivit som en drog för mig, tillade Stefan med darrande röst.

-Det finns hjälp att få för spelberoende, men oss emellan var det fruktansvärt hemskt att två personer skulle få sätta livet till för det, sade Jesper.

-Jag vet och det kommer jag aldrig kunna förlåta mig själv för, svarade Stefan medan en tår rann ner på hans kind.

-På ett sätt var det kanske tur att just du fick inbrott i din sommarstuga. Hade vi inte hittat ditt DNA där, så är väl risken att du kanske hade tagit livet av fler vid eventuellt kommande rån, summerade Jesper innan han reste sig upp.

-Får jag livstidsstraff för det här och kan jag få träffa min fru? frågade Stefan desperat, precis som om han först nu insåg vad han gjort sig skyldig till.

-Jag vet uppriktigt sagt inte vad du får för påföljd, det avgörs i rätten. Din fru har vi skjutsat hem, hon vet inget om brotten du är misstänkt för. Har du någon speciell advokat som du vill anlita? undrade Jesper.

-Jag har hört talas om Annie Stolpe, tror du att jag kan få henne? frågade Stefan.

-Det ska vi försöka ordna. Så länge får du följa med min kollega Leila, sade Jesper och stängde av ljudupptagningen.

Det kom att dröja över fyra månader, nämligen till den sjunde september innan rättegången var klar och straffet skulle börja avtjänas av Stefan. Domen blev tolv års fängelse för mord. Rätten var dock oenig då några ansåg att det fanns förmildrande omständigheter. Stefan kanske inte hade haft för avsikt att mörda paret från början. Man menade att det inte kunde styrkas att Stefan med berått mod avsett att skära halsen av dem. Det var inte helt utom rimligt tvivel, att halsavskärningen skett genom att husbilsägaren gjort ett utfall framåt och därmed orsakat sin egen död. Vissa i juryn tyckte däremot att allt var barbariskt utfört. Inte minst det att gärningsmannen skurit av deras fingrar, mötte deras avsky.

Samma vecka som Stefan fick sin dom, fast fredagen den åttonde, cyklade Scotten till jobbet redan klockan halvsex på morgonen. Han och även Lisa för den delen, hade arbetat hela sommaren och såg verkligen fram emot en veckas semester. Det var egentligen Ludvig som kommit med idèn, att ta en restresa till en ö i Medelhavet alla fyra tillsammans. Det hade passat så bra tyckte Ebba, för just den kommande veckan var det tänkt att de studerande skulle ut på praktik. Men för hennes del hade hon fått tillgodogöra sig tiden från sommaren då hon jobbat, så hon var ledig istället.

När Scotten hade kommit ungefär halvvägs till Allsvets AB, svängde cykelbanan i en annan riktning och han fick rak motvind. Visst var han glad över att ha fått en tillsvidare anställning på företaget, det enda var att vädrets makter ofta gjorde transporterna dit och hem rätt jobbiga. Det var visserligen bara två kilometer att förflytta sig, så egentligen skulle han väl inte klaga. Dock anade han att lite motvind bara var början på vad som skulle komma framåt vintern.
Han visste att han skulle vara själv på arbetet första timmen, för han hade bett om att få tidigarelägga sin arbetstid lite. Klockan tre på eftermiddagen skulle Ludvig

hämta dem andra i sin röda 9 5:a och sedan skulle de åka direkt till Arlanda. Att flyga därifrån kändes lite onödigt när Skavsta låg så nära, men tyvärr fanns det inga resor som passade därifrån just nu.

När Scotten ljudlöst rullade in på bakgården till företaget med sin cykel som saknade växlar, fick han se något trettio meter framför sig som han inte var beredd på.

Precis där han brukade ställa cykeln, stod det fyra personer och pratade med varandra.

Det verkade inte som om de hade sett Oskar, för de fortsatte samtala oberört. Scotten fann det bäst i att inte störa, så försiktigt klev han av sin cykel och ställde sig bakom en container och försökte se vad de sysslade med.

Plötsligt fick han se en av dem öppna en bag och ta upp en stor påse, vars innehåll såg ut som vitt pulver.

Mannen som fick det, gav tillbaka flera buntar med sedlar.

Att det var en stor knarkaffär som genomfördes, tvivlade inte Scotten på en sekund, så försiktigt tog han fram sin mobiltelefon för att ringa polisen.

Trots att han själv bara var tjugoett år, hade han redan sett hur förödande droger varit på många av sina vänner.

Medan han ringde, tyckte han att han kunde urskilja en av männens röster som lät bekant.

Ytterst lite sträckte sig Oskar upp, för att se om det var den han trodde.

Precis i det ögonblicket möttes han av personens ögon, stirrande rakt mot honom.

Det var säkert tjugofem meter mellan dem, men Scotten

såg genast vem det var.

Samtidigt som larmoperatören svarade, låste Oskar upp dörren till sin arbetsplats och smög in. Bakom sig hörde han någon komma rusande, men han hann låsa innan mannen hunnit fram.
Viskande berättade Scotten för larmoperatören vad han just sett, och att han känt igen en av dem.
Utanför bankade någon hårt på dörren för att han skulle öppna, men det var absolut inget han hade för avsikt att göra.
När polisen kom till platsen åtta minuter senare, var de fyra männen spårlöst borta och trots att man sökte efter spår, fann man inga.

Samma kväll, när de gått igenom säkerhetskontrollen och tagit plats i varsin flygplansstol, slöt Scotten sina ögon och bara njöt av att han och Lisa skulle få vara tillsammans oavbrutet i en vecka. När han tittade upp såg han att Lisa var på väg att kyssa honom, så han blundade igen. Hennes läppar var så heta och han kände att den här stunden måste vara en av de lyckligaste i hans liv.

Efter ett litet tag såg Scotten i säkerhetsbroschyren som han bläddrade i, att han borde sätta sin telefon på flygplansläge.
Han plockade fram den och såg ett nytt textmeddelande där det stod;
"Vittnar du mot oss Scotten så..."

Efterord

"SCOTTEN AKTERSEGLAD" är den inledande boken om Oskar "Scotten" Scott. Tidigare har vi kunnat följa hans farbror Joakim Scotts strapatsrika äventyr.
Titeln på den här deckaren ger en antydan om vad Scotten råkar ut för, nämligen att han blir kvarlämnad, strandsatt och övergiven. Inget drömscenario precis, men i många fall löser det sig ju till slut, på ett eller annat sätt.
Hur det går för honom och de andra som är med i boken, är planen att du skall få veta i efterföljarna.

Besök gärna min hemsida;
www.forfattarematsgustafsson.wordpress.com